講談社文庫

影姫

公家武者　信平《のぶひら》（十五）

佐々木裕一

講談社

目次

『公家武者 信平』の 主な登場人物

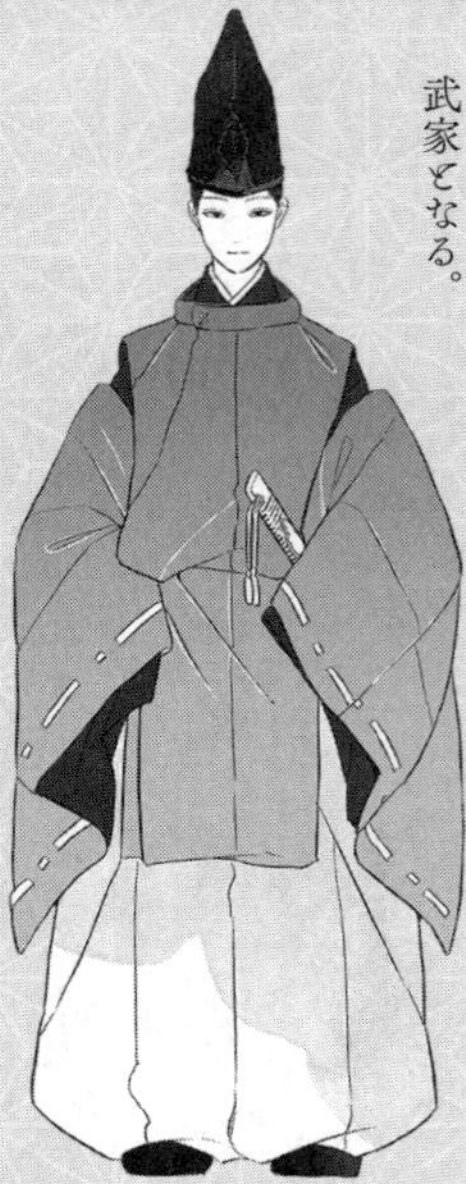

◉鷹司《たかつかさ》松平《まつだいら》信平《のぶひら》
家光《いえみつ》の正室・鷹司孝子《たかこ》（後の本理院《ほんりいん》）の弟。
姉を頼り江戸にくだり
武家となる。

◉松姫《まつひめ》
徳川頼宣《とくがわよりのぶ》の娘。
将軍・家綱《いえつな》の命で信平に嫁ぐ。

◉信政《のぶまさ》
信平と松姫の一人息子。
元服を迎え福千代から改名。京で道謙に師事し、
修行の日々を送っている。

◉五味正三《ごみしょうぞう》
北町奉行所与力。
ある事件を通じ信平と知り合い、
身分を超えた友となる。

◉**お初《はつ》**　老中・阿部豊後守忠秋《あべぶんごのかみただあき》の命により、信平に監視役として遣わされた「くのいち」。のちに信平の家来となる。

◉**葉山善衛門《はやまぜんえもん》**　家督を譲った後も家光に仕えていた旗本。家光の命により信平に仕える。

◉**道謙《どうけん》**　公家だった信平に、京で剣術を教えた師匠。信政を京に迎える。

◉**有泉《ありいずみ》　劔《つるぎ》**　京の鴨川《かもがわ》の土手で信政と知り合う。商家などの留守宅を守る「留守番屋」をしている。

◉**江島佐吉《えじまさきち》**　「四谷の弁慶」を名乗る辻斬りだったが、信平に敗れ家臣になる。

◉**千下頼母《せんげたのも》**　病弱な兄を思い、家に残る決意をした旗本次男。信平に魅せられ家臣に。

◉**鈴蔵《りんぞう》**　馬の所有権をめぐり信平と出会い、家来となる。忍びの心得を持つ。

イラスト・Minoru

影姫——公家武者 信平《のぶひら》(十五)

第一話　影姫

一

よく晴れた昼下がり、赤坂屋敷《あかさかやしき》の広縁に座している鷹司松平信平《たかつかさまつだいらのぶひら》は、月見台にいる妻の松姫《まつひめ》が養女の朋《とも》と話しているのを微笑《ほほえ》ましく見ていた。

何を語っているのか、二人は時折愉快そうに笑い、話題が尽きぬようだ。

そこへ、葉山善衛門《はやまぜんえもん》が来た。

「殿、江戸川一瓢《えどがわいっぴょう》がまいりました」

「ふむ」

一瓢が鷹司町に住みはじめる前に、一度、公家《くげ》の娘である凜子《りんこ》と共に、京で信政《のぶまさ》に助けられた礼を受けている。

「今日は、祝言《しゅうげん》の報告か」

鷹司町をまかせている江島佐吉《えじまさきち》から、一瓢の訪問の許しを願われていた信平は、客間に向かった。

佐吉と待っていた一瓢が、上座に座った信平に平伏《ひれふ》し、再会の喜びを述べると居住まいを正し、微笑みとともに告げる。

「先日は過分なるお祝いの品をいただき、まことにありがとう存じます」

「いやいや、気持ちほどしかしておらぬが、本日はわざわざ礼にきてくれたのか」

「はい。つきましては信平様、祝いのお返しに、襖絵《ふすまえ》を描かせてはいただけませぬか」

信平は恐縮した。

「そなたは公家や大名に望まれるほどの絵師だ。麿《まろ》の気持ちばかりの祝いでは、かえって申しわけない」

「何をおっしゃいます。凜子と夫婦《めおと》になれたのは信政殿のおかげでございますうえに、家を格安でお譲りくだされたご恩返しもできておりませぬから、ご迷惑でなければ、是非とも描かせてくださいさい」

重ねて頭を下げられた信平が困惑していると、善衛門が口を挟んだ。

「殿、そろそろ朋お嬢様に一人部屋を与えようとお考えでしたな」

「ふむ」

「よい折ですから、可愛《かわい》らしい犬か猫の絵を描いていただいてはいかがか」

一瓢が明るい顔で言う。

「是非、描かせてくださいませ」

信平は一瓢の気持ちを考えて微笑む。

「では、お願いしよう。佐吉、松と朋をこれへ」

「はは」

佐吉が月見台へ急いだ。

程なく来た松姫と朋は、佐吉から話を聞いたのだろう、松姫が一瓢に気をつかわせたと言い、朋は嬉《うれ》しそうな顔をして座った。

一瓢が朋に問う。

「姫様、襖絵は、犬と猫、どちらがよろしいですか」

年が明けて七歳になり、松姫のおかげで快活になりつつある朋であるが、今は遠慮がちに口を開く。

「できれば、兎《うさぎ》が……」

松姫に寄り添い、恥ずかしそうにする朋を見た善衛門が、己の額を手で打った。

「しまった、わしとしたことが、すっかり忘れておりました。犬や猫より、時折庭に姿を見せる兎が可愛いとおっしゃっておられましたな」

朋がこくりとうなずく。

すると一瓢は、携えていた手箱から紙とともに筆を取り出し、すらすらと走らせると、見る間に兎を描いて朋の前に差し出した。

丸みを帯びた二羽《わ》の兎が戯れる図に、松姫が目を細める。

「まあ、可愛らしい」

朋はというと、身を乗り出し、顔をほころばせて見入っている。

一瓢が問う。

「このような兎でよろしいですか」

「はい」

うなずいた一瓢は、信平に向いた。

「では、姫様に喜んでいただける絵を描きましょう」

「こちらの支度が終わり次第知らせるゆえ、よしなに頼む」

「はは」

一瓢は頭を下げ、佐吉と鷹司町へ帰っていった。

松姫が朋に言う。

「どのような絵になるか、楽しみですね」

朋は嬉しそうにうなずき、ころころと笑った。

「おお、よい笑い声がしておりますな」

そう言って廊下に現れたのは、いつものように勝手に入った五味正三《ごみしようぞう》だ。

五味は背中に隠していた飴玉《あめだま》の包みを出し、おかめ顔で笑って朋を誘う。

松姫がうなずくと、朋は五味のところに行き、両手で受け取った。

「五味殿、ありがとうございます」

「どういたしまして」

そこへ松姫が行き、朋を促す。

「奥でいただきましょう」

奥御殿に下がる二人を笑顔で見送った五味は、居間に誘う信平に従い後ろに続く。

善衛門と三人で車座になった信平は、さっそく問う。

「またやられたのか」

五味は笑みを消して答える。

「昨夜は、牛込《うしごめ》の商家がやられました。年が明けてまだ二十日だというのに、これで三軒目です」

一睡もしていないのだろう。目の下にくまを作る五味は疲れた様子だが、目は正義に輝いている。

お初《はつ》が来て、黙って五味の前に昼餉《ひるげ》の膳を置いた。

嬉しそうに見上げる五味に対し、お初は真顔で小さくうなずき、下座に控えた。

信平が食べるよう促すと、五味は遠慮なくと言って箸《はし》を取り、真っ先に味噌汁《みそしる》に手をつける。

「ああ、生き返るぅ」

目を閉じて鼻の穴を膨らませる五味は、

「わかめがたまりませんな」

などと言いながらお初の味噌汁で一息つくと、顔も居住まいも正して信平に告げた。

「このひと月のあいだに押し込み強盗が増えておりますから、鷹司町も気をつけてください」

善衛門が問う。

「よそから江戸に入り込んでおるらしいな」

五味はうなずいて告げる。

「上州あたりでは、一昨年《おととし》に続き去年も日照りが長かったせいで大規模な凶作になってしまい、食えなくなった農民が土地を捨てて逃げております。中には徒党を組んで盗みを働く者がおり、豊作だった八王子あたりの村が襲われたという話がありますが、江戸にも流れ込んで、悪さをしているとの噂《うわさ》があるのです」

信平は嘆息を漏らした。

「初めは食うためにしたのであろうが、田畑を捨てなければならぬほど追い込まれた悲観が、罪悪を恥じる気持ちを薄れさせておるのであろう」

五味は真顔で答える。

「先日千住《せんじゅ》の商家に押し入った輩《やから》が、まさにおっしゃるとおりで、子に食わせるためにやったと白状したそうです」

善衛門が気の毒だとこぼした。

「百姓を追い詰めた相手がお天道様《てんとさま》だけに、なんとも後味が悪い話であるな」

五味がうなずき、表情を険しくして言う。

「そういうのはまだ救いがあるのですが、根っからの悪人がおりまして、特に凶悪なのは、盗みに入った家の者を皆殺しにして、捕縛に繋《つな》がる手がかりを何ひとつ残さない賊です。牛込の商家に押し込んだのがその手のやり口でございまして、あるじ夫婦と幼い子供が五人、住み込みの奉公人が三人、変わり果てた姿で見つかりました」

むごい、と言った善衛門が口をむにむにとやり、不機嫌に問う。

「それも、流れ込んだ百姓の仕業《しわざ》なのか」

「捕らえた賊どもを尋問しましたところ、そう白状しました」

「なんじゃ、捕らえておるのではないか。何をそう疲れておる」

善衛門に言われて、五味は飯茶碗《めしぢゃわん》を取って白米を見つめ、気落ちした声で告げる。

「たったの三人だからです。賊に成り下がった仲間はまだ大勢おるようで、これからまた探索に戻ります」

「少しは休まぬと身が持たぬぞ」

友を心配する信平に、五味は味噌汁のお椀《わん》を持ち上げて見せた。

「これがあれば元気が出ます。ということでお初殿、おかわりをお願いします」

お初は黙って受け取り、湯気が上がるお椀を持って戻った。

信平と善衛門がそっとしておいてやる中、五味は待つあいだに、座ったままいびきをかきはじめていたのだが、お初が近づくと目をさまして、背筋を伸ばした。

そう言って味噌汁を堪能《たんのう》する五味に、お初は笹《ささ》の葉で包んだ握り飯を差し出した。

「ありがたい」

「何よりのご馳走《ちそう》ですな。嬉しい」

素直に喜ぶ五味に、お初は真顔で答える。

「相手が百姓だと侮れば、命を落とすわよ」

厳しい口調に、五味は目尻を下げ、鼻の下をだらしなく伸ばす。

「心配してくれるのですか」

どさくさまぎれに手をにぎろうとされたお初は、ぺしん、とたたいてつっけんどんにあしらい、台所に帰っていった。

たたかれた手をひらひらと振るって喜ぶ五味を見て、善衛門が呆《あき》れた顔をしている。

「相変わらず仲がよいのう。ひょっとしておぬしたちは、外でこっそり乳繰り合っておるのではないか。わしには近頃、そう思えてならぬのじゃが」

「妄言はおやめください」

下がったはずのお初の厳しい声が廊下からしたものだから、善衛門はしまったと、首をすくめた。

五味が笑って言う。

「まったくもってご隠居は、すぐそうやって助兵衛《すけべえ》な考えをされますがね、それがしとお初殿は、こころが通じておるのですよ、こころが」

善衛門は小声で言う。

「男たるもの、それでよいのか」

「よくはないけどいいんです」

「どっちなのじゃ」

「あは、あはは」

誤魔化《ごまか》した五味は、握り飯の包みを大切そうに持つと、黙って見ている信平にまた来ると告げて探索に戻っていった。

「あれで幸せなのでござろうか」

答えを求められた信平は、善衛門に微笑む。

「五味とお初を見ていると、男女の情を越えたものを感じる時がある。そこまでに至るのは、容易《たやす》いことではないだろう。まさに、究極の愛ではなかろうか」

「究極でござるか。それがしには、想像すらできませぬ」

「人それぞれ、ということであろう」

「はあ」

首をかしげる善衛門に笑った信平は、話題を変えた。

「今宵《こよい》より、麿は五味を手伝う」

善衛門が渋い顔で応じる。

「何をされるおつもりです」

「鈴蔵《りんぞう》と共に、夜回りをいたそう。そなたは屋敷を守ってくれ」

「承知いたしました」

信平は少しのあいだ休息し、夜が更けてから出かけた。

二

信平が夜回りをはじめて二十日が過ぎた。

共に回る五味が言う。

「賊は、もう出ませんな」

信平は不思議に思った。

「捕らえたのか」

五味は、嬉しそうに答える。

「実は、信平殿が夜回りをはじめたのを御奉行が大喜びされて、救済の炊き出しに集まっていた宿なしの者たちに広められたのです。一部の賊が、助けを求める者たちに盗んだ銭を分け与えていたようですから、江戸に流れ着いた百姓たちのあいだでは、義賊のようになっていましてね、賊を信平殿から助けようとして、すぐに伝わったのでしょうな。御奉行の思惑どおり、それから強盗がぴたりとなくなったのです。将軍家縁者で武勇誉れ高い信平殿を恐れて、江戸から逃げたに違いありません」

「そうだとよいが、ほとぼりが冷めるのを待っておるだけかもしれぬ」

まだ油断はできぬと思う信平は、商家のあいだに浮かぶ満月を見上げて通りを歩き、四谷《よつや》に足を延ばした。

四谷御門を出て、町中の四辻《よつつじ》を左に曲がって少しのところに、大名家の中屋敷《なかやしき》がある。

その先には米を扱う豪商があり、五味はそこを狙われる恐れがあると警戒していたため、様子を見に行こうとしていた。

長い中屋敷の塀のほとりを歩いていると、土塀の上で物音がした。

信平が立ち止まって見ていると、飛び下りてきた男が、走り去ろうとして信平に気付き、逆のほうへ走って逃げようとする。

「怪しい奴《やつ》！　待て！」

怒鳴った五味が、鈴蔵と追って取り押さえた。

「北町奉行所の与力《よりき》だ。大人しくしろ」

すると男は抗《あらが》うのをやめて、

「ここではいけませぬ。逃げませぬから早く離れてください」

などと言って力を抜くものだから、五味は拍子抜けした。

「なんだ、盗《ぬす》っ人《と》ではないのか」

「お願いです、早く離れてください」

男は黒っぽい着物を纏《まと》っているが、悪人には見えない。

信平が促すと、鈴蔵が男を立たせ、五味の案内で近くの自身番《じしんばん》に連れて行った。

詰めていた町役人たちは、狩衣《かりぎぬ》姿の信平を見て目を白黒させ、慌てて土間に平伏する。

「鷹司松平様、今宵は何ごとでございましょう」

うやうやしく頭を下げる年長の役人に、五味が代わって答える。

「信平殿のおかげで押し込み強盗が減っておったと思ったら、この者が、大名屋敷から出てきたのだ。取り調べるから場所を借りるぞ」

「はは」

役人たちは立ち上がり、場を譲った。

五味は男を土間の奥へ連れて行き、信平の前に正座させた。

男は信平と聞いて恐れるかと思いきや、両手をつき、懇願する面持ちをして見てきた。

その心中を察した信平が、穏やかに口を開く。

「そなた、名は」

「仙吉《せんきち》、歳《とし》は二十四でございます。四谷で鴨《かも》料理屋を営んでおります」

すると若い役人の一人が声を張った。

「ああ、お前さん知っているぞ」

「こら！」

年長の役人に、信平様の御前だ、控えろと叱られた若者は、恐縮して下がった。

五味が空咳《からせき》をして、改めて問う。

「鴨料理屋のあるじが、出羽《でわ》亀畠《かめはた》藩石木《いしき》家の中屋敷で何をしていたのだ」

仙吉は五味を見て、萎《しお》れるようにうな垂れた。

「姫様のためにお屋敷奉公をする幼馴染《おさななじみ》が心配で、つい、忍び込んでしまいました」

「何がついだ。分かっておらぬのか、見つかれば、打ち首にされても文句は言えんのだぞ」

「覚悟のうえです。知美《ともみ》の身に何かあったに違いないから、確かめるために、お手打ちを覚悟して忍び込んだのです」

「どういうことじゃ」

信平は、詳しく話すよう促した。

仙吉は、信平の目を見て答える。

「知美は、去年の師走《しわす》に奉公を終えて実家に戻ることになっていたのです。手前は、幼い頃からこころに決めていた知美を嫁にもらおうとその日を楽しみに待っていたのですが、あと二日で帰ってくるという時になって、知美の父親が石木家の家老に頼まれ、奉公が日延べされました。三年という約束だったのに突然延びたものですから、おやっさんにわけを訊《き》いたところ、姫様が手放したくないそうだと言われて……」

また萎れるようにうな垂れて押し黙る仙吉に、信平が言う。

「何か裏があると思い、忍び込んだのか」

仙吉はうなずいた。

「これまでは文のやり取りができていたのですが、日延べされて上屋敷《かみやしき》から中屋敷に移ってからは、一切取り合ってもらえないものですから」

「そいつは確かに妙だな」

五味が言い、渋い顔をしている。

信平は問う。

「して、屋敷では想《おも》い人に会えたのか」

仙吉は首を横に振った。

「忍び込んだものの、敷地《しきち》があまりに広すぎて暗い森の中で迷ってしまい、ようやく出たところに屋敷が見えたのですが、奥御殿がどこにあるのかも分からなくて……」

「そのうち見つかりそうになり、退散したのか」

信平が言うと、仙吉はこくりとうなずき、そのまま首を垂れた。

五味が腕組みをして告げる。

「命を賭《と》しても会いたい気持ちは分からなくもないが、そもそも知美の奉公は、無理やり日延べされたのか」

「おやっさんは、娘を戻してくれと家老にお願いしたそうですが、姫が寂しがるという理由で、応じるまで居座られたそうです」

五味は驚いた。

「粘られて、おやっさんは承知してしまったというのだな」

「はい」

「母親はどうなのだ。止めなかったのか」

「おやっさんの考えに従う人ですから、口出しはされなかったようです。でも、知美は帰る日を楽しみにしていたと教えてくれました」

「母御は確かにそう言ったのか」

問う信平に、仙吉はうなずく。

「手紙も見せてくれました。手前を三年も待たせたから、夫婦になったらうんと幸せにすると、書いていたんです」

「なんとも羨《うらや》ましい」

ぼそりとこぼす五味に、仙吉が顔を上げた。

「今なんと……」

「こっちのことだ、気にするな」

「はあ」

「そういうわけなら、無茶をする気持ちは分かる」

強く言った五味が、信平に向く。

「信平殿、なんとか会わせられませんか」

「ふむ、計らおう」

快諾する信平に、仙吉は目を見張った。

「ほんとうでございますか」

信平はうなずく。

「磨と当主長綱《ながつな》殿は、城で会えば言葉をかわす仲ゆえ、応じてくださろう。沙汰《さた》をするまで、大人しく家で待つがよいぞ。決して、無謀な行いをせぬことじゃ」

明るく言う信平に、仙吉は平身低頭して感謝した。

鈴蔵に仙吉を送らせた信平は、五味と赤坂の屋敷に戻った。

お初が出してくれた夜食の雑炊《ぞうすい》を二人で食べていると、五味が箸を止めて言う。

「仙吉が出てきた時は、思わず盗賊と叫びそうになりましたが、まさか、惚《ほ》れた女に会いに大名屋敷へ忍び込むとは、豪胆《ごうたん》な男ですな」

「町役人も知る者であったゆえ疑わなかったが、話を聞いてどう思うた」

「惚れた女を一途《いちず》に想う美談、と言いたいところですが、姫様が寂しがるのが日延べの理由というところが、引っかかりますな。中屋敷に移ったのを機に文も絶えたと言いますし、生きておりましょうか」

黙って控えていたお初の目の色が鋭くなった。

それを見た五味がびくりとして、苦笑いをする。

「あとで、詳しく話しますぞ」

「今から話すとよい。麿はしばし休む」

信平は雑炊をかきこんで、奥御殿へ下がった。

二人きりになったところで、五味はお初ににじり寄り、今夜の出来事を語った。

「というわけですが、どう思います？」

問う五味に、お初は真顔を向ける。

「それで、もう死んでいるのではないかと疑ったのですか」

「ふと、そう思いました」

「確かに、仙吉の身になって考えればそう思う気持ちも理解できる。でも、亡くなっていたとすれば、大名家がそれを隠すとは思えない。ひょっとすると、仙吉と夫婦になるのがいやで、姫様に日延べを願ったのではないかしら」

五味は目を見張った。

「それは、考えてもみなかった。信平殿もそうはおっしゃっていなかったが」

「殿はひょっとするとそう思われたからこそ、便宜を図ることを快諾されたのでは。そうしないと、また忍び込みそうな勢いがあるように感じられて」

「確かに仙吉は、藩が何かしたのではないかと熱くなっていた」

「答えは、明日の長綱侯の返答にあると思う」

お初はそう言うと、空いた器を持って台所に下がった。

五味は自分のを持って行き、お初に言う。

「気が変わって戻らないのなら、仙吉が可哀《かわい》そうだな」

「まだそうと決まったわけではないわよ。わたしの想像にすぎないから」

てきぱきと片づけるお初は、手を止めて五味に向いた。

「少しは眠ったらどうなの。目が赤いわよ」

五味は笑った。

「仙吉の件は武家のことですし、信平殿のおかげで賊も出なくなりましたから、今日はそうしますか。ご馳走さま」

勝手口から帰ろうとした五味の腕をつかんで引き寄せたお初が、顔を近づけた。

あっと目を見開いた五味は、期待をして目をつむる。

するとお初はさらに顔を近づけ、五味の唇に指を差し伸べる。

何かを入れられた五味が目を開けると、お初は背中を向け、水仕事に戻った。

「甘いな、何です」

「眠り薬」

お初がそう言って振り向いた時、五味は気を失うように倒れた。

受け止めたお初は、

「どうせ奉行所に行くんでしょう」

と言って肩に担ぎ上げ、自分の部屋に連れて行った。

三

善衛門は、信平と共に朝餉《あさげ》を食べている五味をじっと見て、箸を置いた。

「おい五味、ずいぶん嬉しそうにしておるが、何かよいことでもあったのか」

「あ、分かります？」

「うむ、いつにも増して間抜け面になっておるからのう」

「あは、あは、お褒《ほ》めの言葉ありがとうございます」

「褒めておらぬわ。殿が大事な話をされたばかりだというのに、しゃきっとせぬかしやきっと」

「これは失礼。今朝の味噌汁が格別の味なものですから、どうしてもほっぺたがゆるんでしまうのですよ」

善衛門は、鋭い眼差《まなざ》しを向ける。

「今朝はやけに早《はよ》う顔を見せたが、ひょっとして帰らずに泊まったのか」

五味は答えずに、含んだ笑みを浮かべた。

ちらりと、台所のほうを見たのに気付いた善衛門が、はっとする。

「おぬし、まさか……」

すると五味が、待ってましたと口を開こうとして身を乗り出した。

「目をさましたら、お初殿の部屋でした」

善衛門も身を乗り出す。

「どうなったのだ」

「着物もちゃんと着替えて……」

「それで？」

「枕元にきちんと畳んで置かれていました」

「馬鹿者、そのようなことはどうでもよい。することはしたのかと訊いておるのじや」

途端に、五味は勢いがしぼんだ。

「たぶんないと思います」

善衛門は片眉を上げた。

「まるで覚えておらぬような口ぶりじゃな」

「だってしょうがないですよ。眠り薬で気を失っていましたから」

「思わせぶりをしおって、訊いて損したわい」

善衛門はがっかりした口調で吐き捨て、飯をかきこんだ。

出かける善衛門を見送った五味が、黙って食事を続けている信平に近づき、台所を気にしながら言う。

「でも不思議なのです。意識はなかったのですが、なんとなく、お初殿をそばに感じていたのですよ。どう思います」

「夢でも見ていたのではないか」

信平は笑いながら言ったのだが、五味は大真面目な顔をして首をかしげる。

「どちらにしても、疲れが取れてよかったではないか」

信平がそう言うと、出かけたはずの善衛門が廊下から顔を出した。

「廊下でお初を見たが、鼻歌が聞こえてきたぞ。五味、おぬしまことに覚えておらぬのか」

五味は自分の両手を見つめた。

「肌に触れたような、触れていないような」

「かあ、つまらん」

「そんなこと言われても、薬には勝てませんよ」

「次は寝たふりでもなんでもしておれ」

善衛門は顔をしかめてそう言うと、信平に頭を下げる。

「では殿、行ってまいります」

「ふむ」

信平に頼まれたことを果たしに行くため、善衛門は早々に出かけた。


出羽亀畠藩の上屋敷は日吉山王権現社《ひよしさんのうごんげんしゃ》に近い。

赤坂御門から曲輪《くるわ》内に入り、大名屋敷が並ぶ静かな道を急いだ善衛門は、権現社の門前を横切り、程なく見えてきた石木家の表門に足を運んだ。

門番に名乗り、信平の用で来たと告げると、門番は目を白黒させて応じ、急いで取り次いだ。

程なく出てきたのは、四十代の恰幅《かっぷく》がいい男だ。

悪さをして、飼い主に叱られたような犬の目に似ている。

いつもと違う江戸家老の様子に、善衛門は、穏やかに接して立ち話をした。

「杉村《すぎむら》殿、急に申しわけない。本日は殿の名代でまいった」

「それは、いかなるご用でしょう」

探るような目をする杉村に、善衛門は言う。

「何たいしたことではないのだ。御家《おんけ》の中屋敷に奉公している知美という娘御のことで、ちと訊きたいことがあってまいったのだ」

杉村は目を泳がせた。

「信平様が、何ゆえ侍女のことを気になされます」

「ひょんなことで、知美殿の幼馴染の男と話をされて、心配されておるのだ。なぜ心配されるかは、言わずともお分かりであろう」

「年季を日延べしたことですか」

「さよう。そこで、殿が長綱侯と話をしたいと申しておるのじゃが、ご都合はいかがかな」

杉村は困ったような顔をした。

「それは殿も喜ぶことではありますが葉山殿、あいにく、あるじは病を得て臥《ふ》しておりますゆえ、しばらくお会いできませぬ」

善衛門は驚いた。

「それはいけませぬな、重いのか」

「疲れが出たのでございましょう」

「では杉村殿、教えてくだされ、知美殿は、いつ家に戻られるかの」

杉村は、への字口の口角をさらに下げ、頑固そうな表情をして答える。

「葉山殿、他家の内情に口出しは無用に願いたい」

「そこをなんとか教えてもらえないだろうか。殿が案じておられるのだ」

「申しわけありませぬが、お答えできかねます。どうぞお引き取り願います」

取り付く島もない杉村は頭を下げると、中に入って門を閉ざしてしまった。

これまでとは明らかに違う対応に、善衛門は仕方なく引き下がったのだが、門に振り向くと、ぼそりとこぼす。

「何かおかしいぞ」

だが、無理やり押し入って確かめるわけにもいかず、善衛門はあきらめて引き上げた。

四

翌朝、仙吉は仕事に出かけようと路地を歩いていた。知美の家の前を通った時、中から女が泣く声がしたので驚き、何ごとかと思い格子窓から覗《のぞ》くと、身分がありそうな侍が土間に立っており、母親が泣き崩れていた。

父親も泣いていたため、知美の身に何かあったに違いないと不安になった仙吉は、戸を開けた。

「おやっさん！　どうしたんです！」

「ああ、仙吉か」

父親の勝三《かつぞう》はいつもなら、職人気質《かたぎ》で豪快な男なのだが、すっかり萎れてしまい、十も老け込んだ顔をしている。

そんな勝三の口から出た内容に、仙吉は目の前が真っ暗になり、立っていられなくなって尻餅をついた。

「う、嘘《うそ》だ……」

振り向いた侍は、悲愴《ひそう》な面持ちで告げる。

「残念だが、どうにもできなかった」

仙吉は、溢《あふ》れる涙を袖で拭い、中に入ろうとした。

「知美ちゃんに会わせてください」

すると侍が言う。

「骸《むくろ》は屋敷近くの寺に預けておる。姫様のご意向で藩が葬儀をし、立派な墓も建てるゆえ案ずるな」

「寺はどこです。おやっさん、おばさん、行きましょう」

すると母親がより声を高めて泣いた。

勝三が背中をさすってやりながら、涙を堪えて言う。

「知美は、火事のせいで顔が判別できないほどになっているそうだ」

「なんですって！」

愕然《がくぜん》とした仙吉は、侍を見た。

「ほんとうですかい」

侍は辛《つら》そうにうなずく。

「夜中に、中屋敷の奥御殿で火事が起きてしまったのじゃ。知美殿は、逃げ遅れた姫を助けようとして、崩れた天井の下敷きになってしまわれた。おかげで姫は助かったのじゃが、知美殿の死を目の当たりにして、こころを痛めておられる」

仙吉は引き下がる気にはなれない。

「どうしても、会わせていただけないのですか。一目だけでも……」

「仙吉」

勝三が止めた。

「知美は、黒焦げになっちまったんだ。日頃から身なりを気にする娘だったからよう、そんな姿を、誰にも見られたくないはずだ。今から、おれと女房だけで別れをしてくるから、墓ができたら、手を合わせてやってくれ」

「本堂には入りませんから、そばで見送らせてください」

このとおりだと土間に伏して願う仙吉に、侍はもらい泣きをして承知した。

娘を喪《うしな》った悲しみで歩くこともできない母親を支えた仙吉は、町駕籠《まちかご》に乗せると、侍の案内に従い寺に急いだ。

その寺は、中屋敷に隣接しており、先日仙吉が屋敷に忍び込む際に一度だけ、境内に入った場所だった。

森で迷わなければ寺から出るはずだったため、鷹司様とも会えなかっただろう。

葬儀の読経を本堂の前で正座して聞くあいだ、そんなことが頭に浮かんだ仙吉は、あの時、殺されても屋敷中を捜して、知美と一目でも会っておけばよかったと思うと、どうにもいたたまれなくなり、寺から走り去った。

五

この日、信平は善衛門と領地運営について話をしていた。

信平の手元には、領地の一覧を記した紙が広げられている。

上野国《こうずけのくに》多胡郡《たこごおり》岩神村《いわかみむら》千四百石。代官《だいかん》大海《おおうみ》四郎《しろう》右衛門《えもん》。

上野国多胡郡吉井村《よしいむら》他、合わせて四千石。代官藤木《ふじき》義周《よしちか》。

上総国《かずさのくに》長柄郡《ながらごおり》下之郷村《しものごうむら》千石。代官宮本《みやもと》厳治《がんじ》。

山城国《やましろのくに》宇治《うじ》五《ご》ヶ庄《しょう》六百石。代官千下《せんげ》頼母《たのも》。

これらの領地をまかせている者たちから今年初の報告が届き、善衛門と協議を重ねていたのだ。

「どの領地も幸い大きな災害もなく、よい年を迎えられました。今年も安寧《あんねい》に過ごせるよう、元日におこなった祈願のご利益があるとよいですな」

「ふむ。頼母などは、新茶が昨年以上の上物になるよう、早くも領民たちと汗を流しているようじゃ。熱心に指導する顔が、目に浮かぶ」

「堅物ですが、憎めぬところがありますからな。領民からも慕われておるようで」

うなずいた信平は、庭の気配に顔を向けた。

いつものように勝手に入る五味だったが、珍しく庭から来たので、信平が不思議に思っていると、鈴蔵が廊下で片膝をついた。

「五味殿が、仙吉の話を聞いてほしいそうです」

応じた信平が廊下に出ると、五味が手を上げて駆け寄った。その後ろに、首を垂れた仙吉がいる。

五味にいつもの笑顔がない。

「何があったのだ」

問う信平に、五味は渋い顔で告げた。

知美の死を聞いた信平は、目に涙を浮かべる仙吉を見て問う。

「火事は間違いないのか」

仙吉の代わりに五味が答えた。

「自身番に足を運んで確かめましたら、確かに騒ぎがあったそうですが、幸いすぐに消し止められ、屋敷の外には影響がなかったようです」

「しかし仙吉は、納得できぬか」

信平が問うと、仙吉は庭で両手をついた。

「知らせに来た侍は悲しんでおりましたが、寺にいた他の侍たちが両親に声をかけるのを見ていると、なんだか芝居じみていて、どうにも気持ち悪いのです」

善衛門が問う。

「何がどのように気持ち悪いのだ。火事で亡くなったのは嘘だと思っておるのか」

「年季が延びた矢先でございますから、どうにも呑《の》み込めないのです。ほんとうは、生きているんじゃないかと疑ってしまって……」

「それで信平殿に確かめてほしくて、それがしを頼ってきたというわけです」

信平は善衛門を見た。

「江戸家老に問うた翌日というのが、引っかかる」

善衛門はうなずく。

「確かに、怪しいですな」

そこで信平は、仙吉に告げた。

「あい分かった。こちらで調べるゆえ、そなたは何もせず待っていなさい」

するとと五味が、仙吉の肩をたたいて言う。

「信平殿が動いてくだされば、武家の悪事はすぐに暴かれるから待っていろ。勝手に動くなよ」

はいと応じた仙吉が、信平に頭を下げた。

背中を丸め、失意のどん底にある仙吉の帰る姿を見ていた信平は、鈴蔵とお初に、中屋敷を探るよう命じた。

これに応じて、五味が懐《ふところ》から紙を出した。

「仙吉に聞いて、知美の人相書きを作りました」

絵を見た善衛門が言う。

「美しい顔をしておるな」

人相書きを手に取ったお初が、鈴蔵に渡すと、二人で屋敷から出ていった。

夜が更けると、お初と鈴蔵は中屋敷に現れ、難なく忍び込んだ。

広大な敷地には森があり、以前は上屋敷として使われた御殿も立派だ。

奥御殿に近づこうとした鈴蔵を、お初が引き止めた。

すると、松明《たいまつ》を持った二人の藩士が建物の角を曲がってくると、奥御殿の周囲を警戒しながら歩いていく。

物陰から見ていた鈴蔵が、危なかったと安堵《あんど》し、お初に言う。

「助かりました」

「油断は禁物よ。まだいる」

お初は、奥御殿の閉められている雨戸を指し示した。

鶯《うぐいす》張《ば》りの廊下を歩く、微かな音がしている。

「やけに厳重ですね」

「打ち合わせたとおりに」

外を見張る鈴蔵を残して、お初は奥御殿に忍び込んだ。

廊下は鶯張りのはずだが、お初の技にかかっては役に立たない。

まるで浮いているような足の運びで廊下を進むお初は、長綱のたった一人の娘、豊《とよ》姫《ひめ》の寝所《しんじょ》を捜して歩いた。すると、廊下の角の向こうに明かりがあった。そっと角に近寄り、廊下を確かめてみると、二人の侍女が正座して座敷《ざしき》を守っていた。

豊姫の寝所だとみたお初は、一旦外に出ると、鈴蔵に場所を教え、人目につかぬところで朝を待った。

珍しく朝霧が出た。

豊姫の寝所を守っていた侍女たちは、夜が明けると気がゆるんだ様子で、あくびを嚙《か》み殺している。

そこに、奥御殿を仕切る女が来た。

「姫様に変わりはないか」

四十代の貫禄《かんろく》に、若い侍女たちは表情を引き締め、両手をついて答えた。

「ございませぬ」

うなずいた女は、声もかけず障子を開けて中に入ってゆく。

布団の中で仰向けになっている豊姫は起きているのだが、女が入っても見もせず、じっと天井に目を向けている。

女は、そんな豊姫を見て落胆の色を濃くし、そばに座って告げる。

「姫様、鶴《つる》でございます。今朝のご気分はいかがですか」

すると豊姫は、ゆっくりと目を向けたのだが、表情はなく、また天井を見つめる。

鶴は優しい表情をして、そばに寄った。

「姫様、今朝は寒さがゆるみましたから、外の空気を吸いましょう。鶴がご案内申し上げます」

背中を支えられて身を起こした豊姫は、言われるまま立ち上がったのだが、外を警《けい》固《ご》している藩士の姿を見るなり悲鳴をあげ、鶴にしがみ付いた。

「下がりなさい！」

鶴の金切り声に慌てた藩士たちが、己の不注意を詫《わ》びて走り去った。

だが豊姫の怯《おび》えは消えず、布団を頭から被《かぶ》って部屋の片すみにうずくまってしまった。

鶴と侍女たちがなだめすかしても、豊姫の興奮は増すばかりだ。

「急ぎ知美を呼びなさい」

鶴に応じた侍女が、廊下で叫ぶ。

「知美殿、姫様のおそばに！」

すぐに別の部屋から出てきた若い女は、人相書きのとおりの顔だ。

騒ぎに集まった侍女たちは、下女に扮《ふん》して庭にいるお初をまったく気にもとめようとしない。

呼ばれて来た知美を見たお初は、違和感を覚えた。侍女だと聞いているが、姫が身に着けるような打掛《うちかけ》姿だったからだ。

不思議に思いつつ見ていたお初は、寝所にいる豊姫の顔を見て、目を見張った。


「瓜二《うりふた》つじゃと」

戻った鈴蔵から報告を受ける信平の横で、善衛門が大声をあげた。

「では、知美は生きているのだな」

問う信平に、鈴蔵はうなずく。

「正気を失ってしまった姫の影をさせられていると思われます」

「屋敷におる姫に、何ゆえ身代わりが必要なのか」

疑念を抱く信平に、鈴蔵が言う。

「屋敷は夜通し警戒を怠らず、何かあったとしか思えませぬが、そこのところを、お初殿が残って調べてございます」

すると善衛門が、そういえば、と言って信平に向いた。

「石木家は、二年前に嫡男が病でこの世を去っておりますな」

信平はうなずく。

「気の毒なことであった。それに加え、婿を取って家督《かとく》を守るべき豊姫が正気を失っておるとなると、長綱殿の心労も絶えまい」

「その心労が祟《たた》って、病になられたのでしょう」

気の毒がる善衛門は、心配そうに続ける。

「まさかとは思いますが、長綱侯は、知美が豊姫とよう似ておるのを知って、何かをさせようとして親を騙したのでしょうか」

「それは、お初が戻れば分かるだろう。仙吉には、はっきりしてから存命を知らせたほうがよいな」

「そう思います」

お初が戻ってきたのは、日が暮れてからだった。

下女になりすまして奥御殿を動き回っていたというお初は、浮かぬ顔をしている。

「豊姫の身に、よからぬことが起きたのか」

察して問う信平に、お初は逡巡《しゅんじゅん》なく告げる。

「不慮の事故に遭われ、正気を失ってしまわれたようです」

信平が問う。

「知美は、やはり身代わりをさせられているのか」

「はい」

「何ゆえ身代わりがいるのじゃ」

「病でこの世を去られた弟君に代わって御家を守るため、婿《むこ》を取る運びになっていたそうなのですが、縁談が正式に決まる前に正気を失われてしまい、江戸家老は焦っていたそうです」

「それで、瓜二つの知美に目をつけたか」

信平の横で、善衛門が口を開く。

「そのような大事な話を、誰から聞いたのだ」

「牢《ろう》に閉じ込められている侍女がおりましたから、口が軽そうな他の侍女を籠絡《ろうらく》して、閉じ込められたわけを探ろうとしましたところ、姫君のことも聞けたのです」

「侍女が牢に入れられたことと、姫が正気を失ったことが繋がっておるのか」

お初はうなずいた。

「姫は、牢の侍女と知美殿と共に、先日まで上屋敷で暮らしていたそうですが、夜中に曲者《くせもの》が忍び込んだ騒動のあとで、正気を失ったそうです」

「なんじゃと！」

善衛門が愕然として、お初に言う。

「曲者に何かされたのか」

お初は真顔で首を横に振る。

「はっきりとした理由は知らぬようでしたが、居眠りをしていて気付かなかった侍女は、命は取られなかったものの、生涯屋敷から出られないそうです」

「まさか、死ぬまで牢屋から出さぬつもりか」

「いえ、縁談が決まれば、出してもらえるそうです。知美殿も宿直《とのい》をしており、姫が正気を失った責任があると責められていたそうですから、身代わりを引き受けたのではないかと思われます」

信平が問う。

「そなたに話をした侍女は、火事と骸のことを知っていたか」

お初は信平の目を見て答える。

「火事は作り話です。骸は、家老の杉村が江戸中に家来を走らせ、亡くなった同じ年頃の女を探させたところ、折よく、無縁墓に入れられる遊女を見つけ、金を出して引き取り、身代わりにしたそうです」

「判別できぬようにするために、哀れな遊女を死してなお辱《はずかし》めたのか」

お初は、怒気を浮かべた顔でうなずく。

慨嘆《がいたん》した信平は立ち上がった。

宝刀狐丸《きつねまる》を腰に帯びる信平に、善衛門が問う。

「殿、どうなさるおつもりか」

「姫君は哀れであるが、知美の身代わりが御公儀の知るところとなれば、藩主長綱殿と共に、厳しい罰を受けることになろう。そうなる前に、家に戻すよう家老を説得しにまいる」

「それはよい考えかと。それがしもお供しますぞ」

左門字《さもんじ》を携える善衛門と屋敷を出た信平は、石木家の中屋敷に急いだ。

六

「もはや、これまで」

信平から知美を返すよう言われた江戸家老の杉村は、観念したようにうな垂れ、そうこぼした。

信平が問う。

「姫の身に何があったのだ。麿にできることならば、力になろう」

　すると杉村は顔を歪《ゆが》めて、胸の苦しみを吐き出すように、信平の前で泣き崩れた。

　信平は、杉村が落ち着くのを黙って待った。

　ひとしきり嗚咽《おえつ》した杉村は、ようやく顔を上げて涙を拭い、声を震わせながら言う。

「これからお話しすることは、殿と姫とそれがしと、知美と夏代《なつよ》の二人の侍女しか知らぬことです」

「聞こう」

　杉村は念のため、控えている配下の小姓《こしょう》を下がらせ、さらに用心して信平に近づくと、声を潜《ひそ》めて打ち明けた。

「上屋敷に忍び込んだ者に、姫は手籠《てご》めにされてしまったのです」

　信平は驚いた。

「誰も気付かなかったのか」

「夏代と知美が交替で寝所に付いておりましたが、夏代が番をしておる時に居眠りをしてしまった隙に、曲者に気絶させられたのです。交替に来た知美が発見し、寝所に入りましたところ、着物を乱した姫が泣いておられ、手籠めにされたと」

「騒ぎにならなかったのか」

杉村はうなずいた。

「姫が気丈にも、他言無用と、二人を口止めされていたのです。しかし、辱めを受けた悲しみに押しつぶされるように、日に日に様子がおかしくなられ、ついには、正気を失われました。曲者が小銭を盗む騒ぎがございましたので、それがしはもしやと思い、二人の侍女を問い詰めましたが、口を割ることはありませんでした。そんな時に、これがそれがし宛に届いたのです」

杉村が見せたのは、結び文だった。

送り主は、豊姫を手籠めにした男だった。

姫の恥を縁談相手の大名家にばらしてほしくなければ、金を出せと脅している。

信平は結び文を返した。杉村は悲痛な顔をしている。

「間違いないのか」

「宿直だった二人をさらに問い詰めましたところ、知美は頑《かたく》なに口を閉ざしましたが、夏代は白状したのです」

忍び込んだ男は、手籠めにした証《あかし》に、豊姫の右胸にほくろがあるのを相手の大名に教えるとまで書いていた。杉村は夏代に問い、確かにほくろがあると言われたため、指定されたとおりの場所に金を置いていた。

ところが、それでことは終わらなかった。味をしめた男が、昨日ふたたび、高額な金を要求してきたという。

そこまで打ち明けた杉村に、信平が問う。

「このまま、知美を家に帰さぬつもりか」

「…………」

うつむいて答えぬ杉村に、信平は言う。

「姫を苦しめる男の正体を、麿が暴こう」

杉村は目を見張った顔を上げた。

「下御門《しもみかど》一味を倒したほどのお方に、このような不浄の始末をお願いするのはこころ苦しい限りではございますが、姫が暴漢に犯されたことを藩の者に言うわけにはいかず、何卒《なにとぞ》……」

平身低頭する杉村に、信平は条件があると告げた。

「なんなりと」

「けしからぬ者は必ず捕らえるゆえ、夏代と申す侍女を牢から出し、知美については、望みどおりにしてやってくれぬか」

杉村は戸惑いの色を浮かべ、答えようとしない。

「いかがした」

信平が探る目を向けると、杉村は平伏した。

「男を捕らえてくださったあかつきには、必ず」

すぐには二人を出さぬ杉村を、信平は無理強いしない。

「では、此度《こたび》も要求に応じなさい。渡す日はいつか」

「これに記してございます」

別の紙を受け取った信平は、内容を頭に入れて返した。

「捕らえた者は、そなたに渡せばよいのか」

「殿は病ゆえ、そのように願います」

応じた信平は、受け渡しに変更があれば知らせるよう告げて、赤坂の屋敷に帰った。


三日後、受け渡しの日がきた。

刻限に間に合うよう屋敷を出た信平は、両国橋《りょうごくばし》の広小路《ひろこうじ》に向かった。

芝居小屋が並び、汁粉屋や甘酒屋などの出店がある広小路は、今日も大勢の人が行き交いにぎやかだ。

金の受け渡しは、橋の西詰にある石碑の裏に置くことになっている。

程なく、編笠《あみがさ》で顔を隠した杉村が現れ、信平を見ることなく石碑に行くと、あたりを見回しもせず、ごみを捨てるように巾着《きんちゃく》袋を裏に投げ置いた。そして、足早に去ってゆく。

そんな様子だからか、誰も気にもとめずにいる。何ごともなく四半刻《しはんとき》(約三十分)が過ぎた頃、一人の男児が石碑に近づき、表側に腰かけた。

離れた場所で見張っている鈴蔵が、信平を見てくる。

お初は、鋭い目を男児に向けていたが、男児は友を待っていたらしく、同い年くらいの男児が来て二人で走り去ると、がっかりしたような顔をした。

信平は、そんなお初にぼそりとこぼす。

「目立たぬ色を選んだつもりだが、見張りを気付かれたであろうか」

そんな信平の黒い狩衣の袖を引いたお初は、物陰に下がらせて指差す。

「誰か来ました」

見ると、紺の小袖に黒い帯を締めた一人の女が、周囲に目を配りながら石碑に近づき、さっと巾着を奪って走りはじめた。

仲間か、雇われた者だと睨《にら》む信平は、鈴蔵とお初にあとを追わせる。

女は両国橋を渡りはじめ、中ほどに行くと、川上を見て立ち止まった。すると、合わせたように川をくだってきた猪牙舟《ちよきぶね》に投げ落として、走り去った。

お初は鈴蔵に舟をまかせ、女の跡をつけた。

橋を本所《ほんじよ》のほうへ渡った女は、町で買い物をすると、味噌屋と蠟燭《ろうそく》屋のあいだにある路地に向かい、すぐ近くにある長屋の部屋に入った。

お初が路地から中を探る。

「帰ったよ」

女がそう言うと、目隠しの屛風《びようぶ》の奥から男児が走ってきて、抱き付いた。

「待たせたね。今日はお金が入ったから、白いおまんまを食べさせてあげる。それから、これも」

飴玉を口に入れてやった女は、米を炊きにかかった。

お初が格子窓から動かずにいると、目が合った女がぞっとしたような顔をして、腰《こし》高障子《だかしようじ》を開けて出てきた。その時にはもう、笑みを浮かべている。

「何かご用ですか」

お初は真顔で言う。

「先ほど、両国橋から巾着を投げ落とした相手は誰です」

お初の厳しい態度に、女の顔から見る間に血の気が引いた。

「知りません」

「嘘はろくなことになりませんよ」

「ほんとうです。巾着を落とせば一両やると言って頼まれただけですから」

「頼んだのは誰なのか言いなさい」

「わたしが働いている一膳めし屋のお客さんだった人で、名は石木様です」

「その人はどこに住んでいるの」

「前は近くの長屋でしたけど、つい最近引っ越されて、今はどちらにおられるのか知りません。昨日久しぶりに会いましたが、頼まれただけで、住まいまでは聞いていませんから」

「そう」

「あのう、石木様は、何か悪いことをされたのですか」

「わたしが来たことは、忘れてください。決して、その男に言わぬように」

女は何度も首を縦に振った。

重ねて釘《くぎ》を刺したお初は、信平が待つ広小路へ戻った。

お初から話を聞いた信平は、豊姫の身に起こったことは偶然ではないような気がしてきた。

「おそらく偽名であろうが、盗みに入った大名の名を使うとは、よほど恨みがあるのか」

「女は、嘘を言っていないと思われます」

うなずいた信平は鈴蔵の帰りを待ったが、一刻が過ぎても戻らぬため、身を案じた。

お初が言う。

「調べていると思われますから、屋敷でお待ちください」

「そういたそう」

すっかり日が暮れた寒空を見上げた信平は、月明かりを頼りに赤坂へ帰った。

まんじりともせず待っていた信平は、庭の気配を察して障子を開けるお初を見た。

外は、夜が明けはじめている。

善衛門が問う。

「お初、鈴蔵か」

「はい」

身を引いたお初の前から座敷に入った鈴蔵が、信平に片膝をついて報告する。

「金を受け取った男は浪人者で、仲間もおらず、一人働きをしているようです」

善衛門が問う。

「ねぐらを突きとめたのか」

「はい。追っ手を警戒しており、深川《ふかがわ》から牛込へと、町をずいぶん歩かされましたが、結局のところ石木家の中屋敷に近い長屋に潜んでおります」

「やはり、藩に恨みがあるか」

そう言った信平は狐丸を手にして、鈴蔵に案内させた。

長屋はまさに、木戸の前に立つと中屋敷の裏門が見える近い場所にあり、男の部屋は、路地の一番奥にあった。

住人はまだ眠っているらしく、長屋の路地は静かだ。

幼い子を抱えた母親が一人出てきて、狩衣姿の信平を見てあんぐりと口を開けたものの、目が合った信平が軽く会釈《えしゃく》して、

「邪魔をする」

こう声をかけると、母親は返事もせず、前を通り過ぎる信平をぼんやりした面持ちで見ている。

鈴蔵が小走りで男の部屋に行き、腰高障子に近づいて中を探った。その刹那《せつな》、目の前に刀の切っ先が突き出る。

飛びすさった鈴蔵が小太刀を抜いたところへ、躍り出てきた浪人が袈裟《けさ》斬りに打ち下ろす。

母親が悲鳴をあげた。すると、寝ていると思っていた住人たちが部屋から出てきて、母親に駆け寄った。

母親が、信平たちを指差し、石木の旦那が危ないと言っている。

その石木は、信平の存在に気付き、鈴蔵を威嚇《いかく》して下がらせると、鋭い目をして向かってきた。

袈裟斬りに打ち下ろされる一撃を、信平は身軽に飛びすさってかわす。

一足飛びだが、大きく間合いを空ける信平の脚力に、浪人者は目を見張った。

「まるで天狗《てんぐ》だ」

背後から男の声がしたかと思うと、

「ああ！　待てよ、あの狩衣は」

別の声があがり、職人風の男が信平の前に出て、じっと顔を見てきたかと思うと、目を見開いた。

「やっぱりそうだ！」

慌てた男は浪人に言う。

「旦那、だめだ。手を出したら命はありやせんぜ」

浪人はそれでも、男をどかせて信平に迫ろうとした。

「誰か知らぬが、杉村に雇われたか」

すると男が、しがみ付いて止める。

「信平様を知らねえのですかい？　大悪党の下御門を倒したお方ですってば」

「知らぬ！」

答えた浪人に、男は愕然とした。

「知らねえって、いったいどこの田舎侍《いなかざむらい》だい。将軍家の縁者ですよ」

「何……」

将軍家の縁者と聞いて浪人はうろたえ、ようやく刀を下ろした。

長屋の男が、信平に愛想笑いをして言う。

「信平様、この人が何をやったか知りやせんが、悪い人じゃないんです」

するとと浪人が男を下がらせ、不服そうに問う。

「将軍家の縁者ともあろうお方が、杉村のために、それがしを捕らえにまいられたのですか」

「いや、侍女のため……侍女の知美のためだ」

困惑の色を浮かべる浪人に、信平は言う。

「観念して磨とまいれ。杉村に恨みがあるとみたゆえ、そなたの罪は、長綱侯に裁いていただく」

すると浪人は、刀を長屋の男に預けた。

「短いあいだだが、世話になった」

「旦那、帰ってこられないので？」

浪人は穏やかな笑みを浮かべて言う。

「わたしのほんとうの名は、畠田《はただ》源蔵《げんぞう》だ。藩から追い出した上役を恨み、藩邸に忍び込んで悪事を働いた」

「なんですって！」

長屋の男は、信じられないという。

「いったい、何をなさったのです」

「上屋敷に金を盗みに入ったわたしは、味をしめて二度目に入った時、美しい姫が眠っている寝所に忍び込み、手籠めにしたのだ」

「ええ！」

男が驚き、長屋の連中が騒然となる中、畠田は悪びれもせず信平に続ける。

「その後、元同輩に何食わぬ顔で接触して様子を聞き、豊姫が中屋敷に移されたと知ったそれがしは、憎き杉村を脅すことを思いついたのです」

「それが、此度の大金を受け取った理由か」

問う信平に、畠田は真顔でうなずいた。

「殿の御前に引き出していただけるのなら、裁きを受けまする」

「では、まいろう」

信平に従って歩く畠田に、長屋の連中は、軽蔑の目を向ける者、心配そうな者、泣く者など様々な反応を示している。

幼い子を抱いていた母親は、姫を手籠めにしたと聞き、気持ち悪さを面《おもて》に出し、畠田が近づくと部屋に入って戸を閉めた。

畠田はうつむき、地面を見つめて信平に続いて歩みを進めている。

信平が長屋の木戸から出ると、騒ぎを聞きつけた中屋敷の者たちが裏門の前で待っていた。

畠田の顔を見た藩士や門番たちが驚き、戸惑った顔をしている。

鈴蔵が、その者たちに問う。

「杉村家老はこちらにおられますか」

「いえ、上屋敷です」

「それは都合がよろしい。これよりこの者を、上屋敷に連行します」

頭を下げた藩士たちが同道しようとしたが、信平が止めた。

「姫に、曲者の件はもう終わったと伝えたなら、少しは楽になられまいか」

「では、捕らえられたと伝えまする」

頭を下げる藩士たちに見送られて、信平は上屋敷へ向かった。

七

病身を押して表御殿に出てきた藩主の長綱は、書院の間で待つ信平の前に来て頭を下げた。

「信平殿、話は杉村から聞きました。我が娘のためにご尽力を賜《たまわ》り、感謝申し上げまする」

「顔色が優れぬが、起きられてよろしいのか」

「なに、死病ではございませぬ」

長綱は微笑んで見せたものの、すぐに神妙な表情をすると、庭に顔を向けた。

そこには、藩士たちの前で地べたにひれ伏した畠田がいる。

長綱は広縁に出ると、怒りに満ちた目を向けた。

「畠田源蔵、此度ばかりは許さぬ」

これに続いて、控えていた杉村が憎々しげに告げる。

「藩の金に手を付けたそのほうの罰を減じて、追放にとどめてくださった殿のご恩を忘れてこのようなことをするとは……。あの時、殿を説得したそれがしが愚かであった」

畠田は杉村を睨む。

「殿、それがしは、金の件については潔白です。追放されて行き場がなく、苦しい生活を強いられるうちに、話を聞いてくださらなかった御家老を恨むようになり、仕返しのつもりで盗みに入りました」

長綱はしばし黙っていたが、沈黙する畠田に怒りをぶつけた。

「そのほうのせいで、娘は……」

「申しわけございませぬ！」

伏して詫びる畠田に、長綱は身を震わせている。

「詫びたところで、娘は正気に戻らぬ。どうしてくれようか！」

激昂《げきこう》のあまり咳き込む長綱を、信平は気づかい背中をさすった。

「かたじけない」

苦しそうに言う長綱は、長い息を吐いて気持ちを落ち着けると、信平に小声で告げた。

「娘のためにも、生かしておくわけにはまいりませぬ」

長綱の表情から、苦しい胸のうちを悟った信平は、それも仕方あるまいと思いうなずく。

長綱は正面を向き、畠田に告げる。

「即刻打ち首を……」

「お待ちください」

女の声がした御殿の廊下に、皆が注目した。

角を曲がってきたのは、梅の花を染めた艶《あで》やかな打掛を着けた娘と、その後ろに、瓜二つの顔をして、同じような身なりをした娘であった。

信平には、どちらが姫か見分けがつかなかった。そこで長綱を見ると、青白い顔で口を開け、血走った目を見開いている。

「これは、どういうことじゃ。豊はどっちじゃ」

後ろにいた娘が平身低頭した。

「わたくしは、侍女の知美でございます」

「では……」

長綱は、豊姫を見た。

「そなた、正気に戻ったのか」

豊姫は歩みを進めると、両手をついて信平に頭を下げ、長綱に向く。

「父上、わたくしは、正気を失ったふりをしておりました。これまでのこと、深くお詫び申し上げます。どうか、畠田殿をお許しください」

「何を言うておる、そなたは奴に……」

「畠田殿は、わたくしに何もしておりませぬ」

長綱はにわかには信じられぬと言い、畠田に怒りの目を向けた。

「そのほうの口から、何があったのか申せ！」

顔を赤らめ、強い口調で言う長綱を見た畠田は、両手をついた。

「それがしは確かに、姫君を手籠めにしようとしました」

豊姫が続いて告げる。

「わたくしが畠田殿に懐剣を渡し、殺してくれと頼んだのです」

長綱は目を白黒させた。

「手籠めにされるくらいなら、死んだほうがよいと思うたか」

「そうではありませぬ。畠田殿は、何がそう悲しいのか訊いてくださったのです」

「親であるわしにも言わぬ苦しみを、話したのか」

「はい」

長綱はため息をついた。

「悲しいではないか。わしはお前を可愛がってきたつもりじゃ。何ゆえ、打ち明けずに死のうとする」

「父上は、縁談の相談をしようとしても、聞こうとしてくださいませんでした」

「そのことか。杉村が、わがままを言うておると申しておったのだ。そなたにとってもよい話ではないか」

豊姫は驚き、杉村を見た。

杉村は目を合わせようとせず黙っている。

畠田が口を開いた。

「殿、姫君は、杉村が縁談を進めている大名の次男とは、どうしても夫婦になりたくないのだと、それがしのような者に打ち明けられ、泣き崩れられたのです」

「死を考えるほどのことではあるまい」

厳しく言う長綱に、豊姫は唇を噛んだ。

信平が畠田に問う。

「それで、策を弄《ろう》したのか」

畠田はうなずいた。

「杉村は、病弱の殿に代わって長らく藩の政《まつりごと》をしているうちに、野望を抱いたに違いありませぬ」

「黙れ!」

大声で怒鳴る杉村を、長綱が制した。

「畠田、構わぬから続けよ」

「姫君の話を聞いたそれがしは、杉村の思いどおりにさせてはだめだ、手籠めにされたことにして、正気を失ったふりをするよう申し上げ、姫君が言うとおりにされているのを確かめたのちに、杉村を脅したのです」

皆が啞然《あぜん》とする中、豊姫が長綱に詫びた。

「あのような乱暴な相手と夫婦になれば、石木家の存亡に関わると思い、正気を失ったふりをしました」

「乱暴者じゃと」

豊姫は、長綱にうなずいた。

「侍女の夏代に命じて、調べさせました。箕形正虎《みかたまさとら》殿は、どうしようもないお方です」

「何が分かったのだ」

「正虎殿は、兄君と反りが合わず中屋敷で暮らしておられますが、家来に酷《ひど》い仕打ちをするばかりか、侍女たちを慰み者にして飽きれば追い出し、酷い時は、身籠《みご》もった侍女に子が流れる薬を無理やり飲ませたそうです」

長綱は顔を青くして聞いていたが、助けを求めるような目で信平を見た。

「信平殿、ご存じでしたか」

「麿も、初耳です」

うなずいた長綱が、豊姫に言う。

「信平殿と同じく、わしもそのような話を耳にしておらぬ。作り話はやめなさい。侍女一人に、調べられるはずもない」

豊姫は、毅然《きぜん》とした態度で杉村に言う。

「杉村、夏代が当家に来る以前どこで奉公していたか、この場で申しなさい」

目を泳がせた杉村は、躊躇《ためら》い口を開かぬ。

その様子を見て、長綱は疑念を抱いたようだ。

「杉村、申せ」

杉村は首を垂れ、箕形家だと告げた。

驚く長綱に、豊姫が言う。

「夏代は、泣きながらわたくしに打ち明けてくれたうえで、今も乱暴が続いているのか、調べてくれました」

「続いておるのか」

「前よりも、酷くなっているそうです。生娘《きむすめ》を好み、侍女を頻繁に入れ替えさせています」

「なんたることじゃ」

長綱は、きつく目を閉じて苦悶《くもん》に満ちた顔をした。

豊姫が杉村に言う。

「知美をわたくしの身代わりにしようとしたのは、正虎殿から、縁談の条件として、生娘であることを言われたからではないですか」

目を泳がせて返答に窮する杉村に、畠田が言う。

「姫から正虎殿の悪癖《あくへき》を聞きましたから、それがしが手籠めにしたことにして、先方にばらすと脅したのです。そうすれば、この縁組をあきらめるだろうと思うての策でしたが、まさか、侍女を身代わりにしようとするとは、恐ろしい人だ」

杉村が長綱に平身低頭した。

「まったくそのような噂《うわさ》がなかったものですから、疑いもせず、縁談を進めました。焦ったのは、すべて、御家のためにございます」

「わしが死ぬと思うておるのか」

「急にお倒れになられましたもので、今お亡くなりになれば改易《かいえき》にされると恐れ、慌てたのでございます。されど姫様のおかげで、とんでもない男を婿に迎えずにすみました。次こそは、姫に相応《ふさわ》しい……」

「もうよい」

「は？」

「そのほうの弁解は聞き飽きたと申しておる。たった今をもって役目を解く。国許《くにもと》で余生を楽しむがよい」

「殿！」

「案ずるな、わしは死にはせぬ。これしきのことで死ぬと思うような小心者に、姫の縁談をまかせるわけにはいかぬ」

杉村は、がっくりとうな垂れた。

「確かにおっしゃるとおり、慌てるあまり、箕形家に厄介者を押し付けられるところでした。それがしの落ち度にて、姫様には、多大なるご心労をおかけしたこと、伏してお詫び申し上げまする。知美も、すまなかった」

知美は首を横に振って言う。

「少しでも姫様のお力になれればと思うておりましたから、わたくしはよいのです」

豊姫が知美の手をつかみ、涙を流した。

「待っているお方のところへ、お帰りなさい」

「姫様」

別れが辛そうな二人だったが、信平は知美を促した。

「そなたの無事をまだ知らぬ両親と仙吉が、毎日泣いているそうだ。麿が送ってゆこう」

知美はほろりと涙を流して、頭を下げた。

長綱が両手をついた。

「信平殿、まことに、ありがとうございました」

「気になされるな。では」

信平は長綱の見送りを断り、屋敷をあとにした。


悲しみの中にいた仙吉は、知美の家を訪ね、両親の前で線香をあげて位牌《いはい》に手を合わせていた。

「おやっさん、こうして目をつむると、目の前に知美ちゃんがいる気がするんです。死んだとは、どうしても思えないんですよ」

勝三は洟《はな》をすすり、うな垂れた。

「おめぇにそう言われると、今にも帰《けえ》って来そうな気がするからやめてくれ」

「おっかさん！」

「いけねえや、空耳までしてきやがった」

そう言って顔を歪める勝三の袖を、女房が引いた。

「お前さん……」

「おとっつぁん！」

外からした声に、勝三ははっとした顔で立ち上がった。

「おい、今のは……」

「知美ちゃんだ！」

歓喜の声を張り上げた仙吉が土間に飛び下りると、表の戸を開けた知美が、

「仙吉さん！　ただいま！」

そう言って、胸に飛び込んだ。

「わあ、知美ちゃんだ」

泣いて叫んだ仙吉は、知美を離して下を向いた。

「馬鹿ね、足はちゃんとあるわよ」

「よかった！」

顔を見合わせて笑った二人は、親の前でまた抱き合うのだった。

ひと月が過ぎた晴れの日、江戸川一瓢の襖絵が完成した。

野山を背景に、兎たちが活《い》き活《い》きと描かれており、信平は笑みを浮かべる。

「見事だ」

「おそれいりまする」

そこへ、目隠しをされた朋が、松姫に手を引かれて来た。

松姫が目隠しを取ってやると、八畳の部屋を囲む襖に描かれた兎たちを見た朋は目を輝かせ、

「わあ」

歓喜の声を漏らして松姫に言う。

「今にもぴょんぴょん出てきそうです」

松姫は微笑む。

「ほんとうに、可愛らしいわね」

二人を微笑ましく見ていた信平は、そっとその場を離れ、表御殿の居間に足を運んだ。

お初の味噌汁を飲みながら、善衛門と大笑いをしていた五味が、信平を見るなり汁椀を置いて居住まいを正し、嬉しそうに告げる。

「今日は報告がありますぞ。気にされていたことです」

「ふむ、聞こう」

信平が座ると、五味はまず、豊姫のことを語った。

「豊姫はその後、長綱侯の意思により、箕形家との縁組はなかったことにされたようです」

「姫もさぞ、安堵したであろう」

「肝心の、知美殿のことですが、信平殿が連れて帰って間もなく、仙吉と夫婦になりましたぞ」

「それはよかった。仙吉も、さぞ喜んでおろう。知美は、両親の近くで暮らしているのか」

「そのことです。知美殿は、豊姫の望みで中屋敷に入り、侍女として奉公を続けております」

信平は驚いた。

「せっかく夫婦になったのに、離れて暮らしているのか」

「ほんとうに、信平殿は何もご存じないのですか」

善衛門が五味に言う。

「殿は知美殿を送って行かれた折に、改めての礼は無用とおっしゃったのだ。それ以後は会われておらぬ」

「ははあ、信平殿らしいですな」

五味は目を細めて続ける。

「ご安心を、夫婦は離れておりませぬぞ。仙吉は、豊姫の計らいで台所方として召し抱えられ、屋敷内の長屋で知美殿と幸せに暮らしております」

「そうか」

二人の幸を知った信平は、豊姫の幸も願いつつ、五味に問う。

「して、何を大笑いしていたのだ」

「あは、あはは」

笑って誤魔化す五味を横目に、善衛門が言う。

「図に乗ってお初の手をにぎろうとしたところ、腕を引っかかれたのですよ。お見せしろ」

五味は笑ったまま、右の袖を上げた。すると、肘から手首にかけて三本のみみず腫れが浮いている。

「痛そうだな」

信平は、それでも嬉しそうにしている五味に呆れて、微笑んだ。

第二話　血に飢えた刃《やいば》

一

「お嬢様、遅くなりました。急ぎましょう」

付き人の女中にうなずいた蠟燭問屋の娘は、麻布《あざぶ》にある池のほとりを通っていた。

その池は、鯉《こい》がよく釣れるというので釣り好きが集まる。それを目当てに商売をする葦簀茶屋《よしずぢゃや》があるのだが、日暮れ時となると客が来ないというので、店仕舞いをしている。

女中は、いつもは開いている店が閉まっているのを見て、遅くなったと不安になり、娘を急がせたのだ。

友人宅で、つい長話になってしまった娘は、茶屋の前を通り過ぎた。

そんな娘を、品定めをする目つきで見ているのは、後ろを歩いている二人組の侍だ。

麻布の町中で、色白で器量よしの娘に目をつけた二人は、池のほとりへ続く道へ入ったのをしめたと言い合い、手籠めにするべくあとを追ってきたのだ。

二人は旗本の倅《せがれ》だが、町の娘を狙うのはこれが初めてではない。

商家の娘を人とも思っていない二人は、非道な欲のはけ口にするためだけに、獲物を狙ってこのあたりをうろついては、気に入った女がいれば襲うのである。

家路を急ぐ娘の後ろ姿を見て舌なめずりをし、尋常ではない目つきをした二人は、いつも引き込んでいる雑木林に近づくと走った。

足音に気付いて振り向いた女中が、あっと声をあげるのと同時に、腹を刀の柄頭《つかがしら》で突かれ、気を失って倒れた。

悲鳴をあげた娘に迫った一人が口を塞ぎ、林に引きずり込もうとした時、友に迫る人影に気付いた。

「おい！　誰か来たぞ！」

女中を木陰に隠そうとしていた男は、友の声に応じてそちらを見る。

夕暮れ時の薄暗い中ではっきり浮いたように見えるのは、青白い着物だ。

着流した着物に締める白い帯に青鞘《あおさや》の大小を差した男は、白い頭巾《ずきん》を被り、目から下を隠している。

その派手な出《い》で立《た》ちに、黒い羽織袴《はおりはかま》を着けている武家の倅は敵愾心《てきがいしん》をむき出した。

「我らは旗本だ。邪魔をするなら斬るぞ！」

だが覆面の男は止まらず、すらりと抜刀して迫る。

慌てて刀を抜いた旗本の倅は、

「おのれ！」

気合を発して迫り、袈裟斬りに打ち下ろした。

頭巾の男はかわした刹那に大刀《だいとう》を打ち下ろし、背中を向けた。その鮮やかな手並みは、息を呑むほどだ。

旗本の倅は、右の手首から先を失ったのに気付くまで、一拍の間があった。

ほとばしる鮮血を呆然《ぼうぜん》と見ていた旗本の倅は、続いて襲われた激痛で我に返り、苦しみの声を吐いて倒れ、のたうち回った。

恐怖に目を見開いたもう一人は、娘を盾にして逃げようとした。

だが、覆面の男は構わず迫り、顔を引きつらせる侍の前で怪鳥のごとく飛び上がって背後を取った。

「ひっ」

恐怖の声をあげた侍が、娘を突き飛ばして振り向き、斬りかかろうと刀を振り上げた。そこへ、覆面の男が刀を鋭く突き出し、さっと飛び離れる。

目を見張った侍は、己の下腹を見下ろした。すると、黒色の袴の股に染みが広がっている。失禁をしたのではなく、急所を突き刺されたのだ。

「二度と、悪さができまい」

覆面の男に言われた侍は、刀を落として己の股間を押さえ、泡を吹いて気絶した。

懐紙で刀身を拭い、鞘に納めて去ろうとする覆面の男に、娘が駆け寄る。

「あの、もし……」

足を止める覆面の男に、娘は目に涙を浮かべて頭を下げた。

「お助けくださり、ありがとうございます。お名前をお教えください」

男は振り向かず、

「わたしは善人ではない」

顔だけ横を向いてそう告げると、足早に去った。

翌日の夕暮れ時、三人の侍が堀端の道を歩いていた。場所は深川だ。

三人はいずれも大名家の下屋敷《しもやしき》に詰める藩士で、月に一度の楽しみである料理屋での飲食を終えて、ほろ酔い気分で帰っていた。

「新しく入った仲居は醜女《しこめ》だが、穏やかで優しい娘だからよい」

「同感です。早く国許に帰り、あの娘のように気立てがよい妻《めと》を娶って、親を安心させたいですよ」

などと、他愛のない会話をしながら歩いていた。

国を想い、領民のために懸命に宮仕《みやづか》えをしている善良な藩士たちだ。

もうすぐ藩邸に着くという時、全身黒ずくめの男が前から歩いてきた。

頭巾と覆面を着け、いかにも怪しげな姿に、三人は警戒して立ち止まり、顔を見合わせてうなずく。

年長の藩士が、男に声をかけた。

「おい、ここで何をしておる。他に屋敷はないが、当家に用があるなら顔を見せろ」

返答をせず、止まりもしない男を曲者と断定した三人は、揃《そろ》って刀の柄をにぎる。

「我らは磯田《いそだ》摂津守《せっつのかみ》の家来である。止まれ！」

ようやく止まった曲者であるが、右足を出して鯉口《こいぐち》を切った。

「むっ」

藩士たちは応じて抜刀し、正眼《せいがん》に構える。

抜刀術の構えをしていた曲者は、ふっと力を抜き、棒立ちになった。

年長の藩士が、覆面を取れと口を開いた刹那、その口に小柄が突き刺さった。

呻《うめ》いて倒れるのを見て愕然とした二人の藩士が、

「おのれ！」

怒りの声をあげて斬りかかる。

右足を出し、小柄を投げたままの姿勢でいる曲者は、二人目の藩士が刀を打ち下ろす前に一足飛びで間合いを詰め、鞘走った刀身が一閃《いっせん》した。

胴を斬り抜ける曲者の背後で、藩士は呻き声もなく前のめりに倒れた。

三人目の藩士は、その鮮やかな手並みに息を呑んだが、すぐさま我に返り間合いを空けた。腕に覚えのある藩士は怯《ひる》むことなく、怒気を込めた気合を発して刀を振り上げた。だが、曲者の目を見た刹那、恐怖に満ちた顔になって下がり、そのせいで、口に小柄が刺さったまま息絶えている同輩に足を引っかけてしまい、背中から転がった。

足をばたつかせ、必死の形相《ぎょうそう》で下がる藩士は、腰が抜けて立てない。

「く、来るな！」

目の前に立った曲者は、暗がりでも分かるほど見開いた目を怪しく光らせ、刀を大きく振り上げた。

堀端の道に断末魔の悲鳴が響き、藩邸から人が出てきた時には、怪しい影は消えており、無惨な姿となった三人が倒れているだけだった。

二

「これは……」

五味正三が瞼《まぶた》を大きく開いて見たのは、手に持っている汁椀だ。五味は、控えているお初を見る。

「いつにも増して旨《うま》いです」

「しじみのおかげ」

お初はそう言うと立ち上がり、信平の前に行って朝茶を置いた。

嬉しそうに味噌汁を堪能している五味に、善衛門が口をむにむにとやって催促する。

「こりゃ五味、話の途中で味噌汁に気を取られる奴があるか。殿は忙しいのだ、早う先を申せ。殿は何ゆえ気をつけねばならぬのだ」

構わず飲み干す五味は、お初の味噌汁を目当てに来たついでの話として、一連の殺傷事件を話して聞かせた。

善衛門は渋い顔をする。

「武家ばかりが斬られておるじゃと」

「ええ、この五日のあいだに、分かっているだけでも八人やられ、そのうち五人は命を落としております」

信平は、嘆息を漏らした。

「今初めて耳にした」

「それがしも初耳です」

善衛門が答えると、五味が言う。

「狙われるのは決まって大名や旗本の家臣ですから、御家の恥といいますか、武士の意地といいますか、とにもかくにも御公儀からのお咎《とが》めを恐れて、隠しているのでしょうな」

「辻《つじぎ》斬りか」

問う善衛門に、五味は苦々しげな面持ちでうなずく。

「旗本に襲われそうになった商家の娘が、頭巾と覆面の武家に助けられたと証言していますが、他の方々は善良な武家ですから、奉行所としては、ただ己の腕を世に知らしめたいだけの理由で襲っているとみています」

善衛門は探るような目をして問う。

「いずれも武家のことゆえ、暇そうにしておるのか」

五味はばつが悪そうな顔をする。

「見回りだけはしっかりしていますとも。鷹司町に近い場所では、奉行所が把握しているだけで三件も発生しており、特に多いですから、まあ信平殿は大丈夫でしょうけど、他の方々は、くれぐれも気をつけるようお伝えください」

深刻に受け止めた信平は、すぐ佐吉《さきち》に使いを出した。

三

この頃鷹司町は、住みやすい、という評判が広まり、住人と商家が増えて活気付いている。

旅籠休楽庵《はたごきゅうらくあん》の女将久恵《おかみひさえ》などは、町をよくしたいと願い努力を惜しまぬが、その働きが実を結んで宿泊客が増え、大忙しの毎日を送っていた。

大勢の人でにぎわう休楽庵の反対側の町はずれには、幾右衛門《いくえもん》と由枝《よしえ》という仲睦《むつ》まじい老夫婦がひっそりと暮らす仕舞屋《しもたや》があるのだが、五味が信平に事件を語っていた時、この老夫婦の家に、怪我人《けがにん》が転がり込んでいた。町の門には番人が立っているのだが、大勢の人が行き交うのに紛れて、入り込んでいたのだろう。

例の辻斬りだと思いもせぬ老夫婦は、今にも死にそうな若者を前にして慌てふためき、急ぎ医者を呼ぼうとした。

「婆《ばあ》さん、わしが行ってくるから、傷口を手で押さえていなさい」

幾右衛門が新しい晒《さらし》を傷口に当てながら言った時、若者がその手をつかんだ。

「医者は、呼ばないで、これで、しばらく休ませてください」

息をあげながらそう言った若者は、懐から出した財布を幾右衛門に渡そうとして、気を失ってしまった。

土間に落ちた財布からは、小判十両もの大金が滑り出てきた。

老い先短い老夫婦にとって、十両の金などどうでもよい。それよりも、信平の町になる前に一人息子を辻斬りで喪っていた老夫婦にとって、若者が転がり込んだのは衝撃だった。

特に由枝は、息子と同じような傷を負っている若者を死なせてはならぬと、懸命に介抱をはじめた。

一晩寝ずに世話をしたものの、若者は高い熱が出て、悪くなるいっぽうだった。

由枝は焦り、涙を流して幾右衛門に懇願した。

「お前様、どうにかなりませんか。この様子は、時太郎《ときたろう》の時と同じです。このままでは死んでしまいますよう」

腕にしがみ付いて揺すり、必死に訴える由枝も、あの時と同じだ。

可愛い倅は助からなかった。

このままでは、また由枝が長いこと塞ぎ込んでしまうと思った幾右衛門は、若者の願いを聞かず、医者を呼びに走ろうか迷った。

表から明るい女の声がしたのは、まさに、死んでしまった倅の導きか。

「先生だ。先生が来てくださった」

声の主は、たまたま夫婦の往診に来た町医者で、御家人山本《やまもと》家の娘喜代《きよ》だったのだ。

由枝は転びそうになりながら迎えに行き、喜代の手を引いて戻ってきた。

「由枝さん、どうしたのですそんなに慌てて」

慌てるあまり声にならぬ由枝にそう言っていた喜代だが、幾右衛門のそばで横たわっている若者を見るなり、医者の顔つきになった。

「診せてください」

そう言うと若者のそばに行き、幾右衛門たちが傷を恐れて脱がすこともできなかった着物を小刀で裂き、背中を割った。

幸い背中の傷は浅いが、

「こちらは深そうだわ」

喜代は右脇腹の刺し傷を見て言う。

由枝が泣いて頼む。

「先生、助けてあげてください」

「もちろん、手を尽くします。湯を沸かしてください」

「湯なら沸いておるが、どうすればいい」

喜代は持ってきていた薬箱を引き寄せながら、盥《たらい》に入れてくるよう頼んだ。

言われるとおりに幾右衛門が用意すると、喜代は道具を湯に浸《つ》け、手当てにかかった。

平たい金具を傷口に刺し入れるのを見た由枝が気を失いそうになるのを、幾右衛門が支える。

「邪魔になるから、あっちへ行っておこう。先生、用がある時は声をかけてください」

喜代は答えず、手当てに集中している。

震えながら神仏に手を合わせる由枝を気づかいつつ、幾右衛門は待ち続けた。そして一刻（約二時間）ばかり過ぎた頃になって、喜代が声をかけてきた。

応じて行ってみると、苦しそうな顔をしていた若者は、嘘のように落ち着いた様子で目をつむっている。

倅の時を思い出した幾右衛門は焦った。

「先生、亡くなったのですか」

喜代は穏やかな笑みを浮かべる。

「眠っているだけだから安心して。幸い傷は急所を外れていたし、血も止まったから大丈夫」

安堵した幾右衛門は、気が抜けて尻餅をついた。

由枝が喜代の手をにぎり、涙を流して喜んでいる。

二人が悲しい目に遭ったことがあるのを知る喜代は、険しい表情で幾右衛門に問う。

「この人は、知り合いですか」

「いや、実は昨日、転がり込んできたのだ。先生を呼びに行こうとしたのだが、止められてな」

経緯を話すと、喜代はより険しい顔をして若者を見た。

「武家のようだから、今世間を恐れさせている辻斬りに遭ったのではないかしら」

「辻斬り……」

幾右衛門は、恐れた顔をした由枝の手をにぎり、喜代に言う。

「そんなことが起きているのですか」

「武家ばかりが狙われているから、世間には広まっていないようなのよ」

すると由枝が、若者の肩に触れ、愛《いと》おしげな顔をした。

「息子が、時太郎が帰ってきてくれたのですよ」

「おい、よさぬか」

慌てる幾右衛門に、由枝が言う。

「だってお前様、よく見てくださいな。時太郎が死んだ時と同じ年頃ですよ。顔も似ているじゃありませんか」

「落ち着きなさい由枝」

困った幾右衛門は、喜代に助けを求めた。

息子が十六歳の時に辻斬りで命を落としているのを知っている喜代は、由枝の手を取って言う。

「由枝さん、必ず助けますから、安心してください」

由枝は手をにぎり返し、涙を流してうなずいた。

「お願いします先生、息子を助けてください」

「由枝……」

幾右衛門を止めた喜代は、部屋の外に促した。

応じた幾右衛門が廊下に出ると、喜代は言う。

「このまま、あの若者を息子だと思わせてあげてください。若者が目をさませば、二十年も閉ざしていたこころが晴れるかもしれません」

幾右衛門は期待した。

「先生、ほんとうですか」

「目の力が別人のように増していますから、賭けてみましょう」

「賭け……、ですか」

「助けたのですから、若者に肩を借りて様子をみてはどうでしょう。ただし、善人かよく見極めてからの話ですが」

そう言われて、幾右衛門は我が子を世話するようにそばを離れない由枝を、そっと見た。

「二十年ぶりに、笑顔が見られるだろうか」


若者の意識が戻らぬまま、三日が過ぎた。

由枝は片時もそばを離れようとせず、献身的に世話を続けている。

幾右衛門が代わろうとしても拒み、夜もろくに寝ないで、熱を下げさせるために身体《からだ》を冷やし続けている。

だが由枝は、若者が来る前より表情が活き活きとしており、往診に来た喜代は、「何よりの薬になったようですね」

そう言い、あとは、若者の素性《すじょう》だけが心配だと言った。

幾右衛門は、善人に違いないと笑って答え、帰る喜代を表まで送って出た。

姿が見えなくなるまで戸口にいた幾右衛門が中に入ろうとした時、背後から声をかけられた。

そちらの道に向けば、細い路地から窮屈そうに出てきた大男が、背後にいる武家の男を促して歩いてきた。

町のあるじ、鷹司松平家の家来である江島《えじま》佐吉に、幾右衛門はうやうやしく頭を下げる。

「幾右衛門、丁度よかった」

大きな身体と強面《こわもて》のため、初めて会った時は萎縮したが、今では、家族思いのこころ優しい佐吉を慕い、尊敬している幾右衛門だ。笑みを浮かべて待っていると、歩み寄った佐吉が、険しい面持ちで言う。

「若狭《わかさ》藩の藩士を斬ろうとした辻斬りが、町に逃げ込んだという知らせがあり、今一軒ずつ調べているのだ」

胸騒ぎがした幾右衛門だが、若者は怪我をしているのだから、下手人《げしゅにん》ではないはずだ。

「いかがした。顔色が優れぬようだが」

心配そうに問う佐吉に、幾右衛門は首を横に振る。

「年寄り二人だけにございます」

すると佐吉は、腕を引いて戸口から離し、小声で言う。

「まことか」

「はい。他には誰もおりませぬ」

答えたのと同時に、喜代のことが頭に浮かんだ幾右衛門だが、ここは言い張るしかないと腹をくくっていると、佐吉の後ろにいた侍が前に出てきた。

細く開いた瞼の奥にある眼差しは、人の嘘を読み取ろうとする光を宿しており、立ち姿にはまったく隙がない。

「それがしは若狭藩馬廻《うままわ》り役の守谷《もりや》一徹《いってつ》だ。不覚にも辻斬りに襲われ、少しのあいだ意識を失っていた者の証言では、逃げる下手人が、確かにこの町に向かっておる。重ねて問うが、まことに誰もおらぬのか」

二人とも小声で問うのは、脅されていると思ってのことか。

藩の名を聞き、すぐに返答ができぬ幾右衛門に、佐吉が言う。

「残るはここだけなのだ」

守谷が続く。

「中を検《あらた》めるぞ」

幾右衛門はそれでも、若者を善人だと疑わない。

「妻の具合がよくありませぬから、騒がしくされては困ります。せめて、目をさますまで待っていただけませぬか」

「ならん」

守谷が押し入ろうとするが、佐吉が腕をつかんで引いた。

「江島殿、何ゆえ止められる」

「幾右衛門邪魔をしたな。奥方の具合が悪いのなら、しっかり養生をさせてやるのだぞ」

「お役目、ご苦労様にございます」

「さあ守谷殿、次へ行きますぞ」

「おい……」

まだ粘ろうとした守谷だったが、佐吉にがっしりと腕をつかまれていては抗《あらが》えず、引きずられるように歩かされた。

幾右衛門は頭を下げて二人を見送ると、家の中に入って戸を閉め、炊事場の格子窓からそっと外を見た。すると、佐吉が路地を裏に回るのが見えた。幾右衛門は急いで裏庭に出ると、そっと木戸を開けて路地を走り、佐吉たちがいる別の路地に近づき、聞き耳を立てた。

佐吉の声がする。

「年老いた妻が人質になっておれば命が危ない。ここは離れて様子を見よう、見張りはしっかりする」

守谷は、弱腰だと不満をぶつけるも、佐吉に従うと言い、足音が遠ざかった。

幾右衛門は渋い顔をして家に入り、若者の様子を見に臥所《ふしど》に行こうとしたのだが、由枝が炊事場に出てきた。

「水か」

か細い背中に問うと、由枝が驚いた顔で振り向いた。手には、薄い帳面を持っている。

幾右衛門はその帳面に見覚えがあった。喜代が若者の手当てをする前に着物を切った時に、懐から出てきたものだ。

由枝はその帳面を、刀と一緒に置いていたはずだが……。

「それをどうするつもりだ」

いぶかしむ幾右衛門に、由枝は動揺の色を浮かべて帳面を背中に隠す。その背後には竈《かまど》があり、小枝と紙が突っ込まれている。

「見せなさい」

手を差し伸べる幾右衛門に対し、由枝は強張《こわば》った顔を横に振る。

逃げようとするのを捕まえて奪い取った幾右衛門は、一部が血に染まっている帳面の中を見て、目を大きく見開いた。

四

その夜、幾右衛門は六畳の座敷で正座し、考えごとをしていた。手元には、血に染まった名簿を開いている。

一睡もすることなく、黙然と名簿の名を見つめているうちに、外から透き通ったような鳥の鳴き声がしはじめた。雨戸に目を向けると、隙間が白い線になっている。夜が明けたのだと思った幾右衛門は、あの若者のために重湯を作るべく、炊事場に立った。

物音に気付いた由枝が、臥所から出てきた。疲れているはずだが、張り切っている由枝は自分がやると言い、幾右衛門の手から杓子《しゃくし》を取り、重湯を作りにかかる。

幾右衛門は、由枝と己の朝餉をこしらえにかかった。

飯を炊き、わかめだけの味噌汁と沢庵《たくあん》の朝餉を用意した幾右衛門は、由枝が若者に重湯を飲ませ終えて戻るまで、また名簿を手にして、開いて見た。

「お前様！」

臥所からした由枝の大声にはっとした幾右衛門は、若者が息を引き取ったに違いないと思い、急いで駆け付けた。

「いかがした」

廊下で声を張った幾右衛門は、臥所に入って目を見張った。若者が身を起こしていたからだ。

「おお！　気が付いたか」

幾右衛門は、感涙にむせぶ由枝の背中をさすってやりながら、若者に笑みを浮かべた。

「よかった。もう大丈夫だ」

まだ青白い顔をしている若者は、頭を下げた時に幾右衛門の手元に視線をとめた。

慌てるあまり、名簿を持ったままだったのに気付いた幾右衛門は、ばつが悪くなり言う。

「すまぬ、つい、見てしまった」

若者は、寂しそうな顔をした。

「迷惑はかけられませぬから、すぐに去ります」

立とうとする若者を、由枝がしがみ付いて止めた。

「無理をしてはなりませぬ。横になりなさい」

「しかし……」

「さあ早く、お願いだから」

我が子のように心配する由枝に従った若者は、深い悲しみを抱えているとしか思えない目をしている。

殺人鬼とは到底考えられぬ幾右衛門は、由枝に薬を煎じるよう促し、二人きりになったところで若者に名簿を差し出した。

「おぬし、何者だ」

名簿を受け取り見つめる若者は、黙っている。

名簿には、若狭藩と厚木《あつぎ》藩の藩士に、旗本野田《のだ》家の家来の名がある。

この三家は、若狭藩を本家とした親戚同士で、野田家は、かつて幾右衛門が仕えていた御家だ。若者が線を引いていた名前に、幾右衛門が知る者もおり、此度の辻斬りで命を落としていた。

若狭藩士の守谷から聞いた辻斬りのことが頭に浮かんだ幾右衛門は、血染めの名簿の意味を探るべく、若者の目を見た。

「ここに来たのは、偶然ではないのだな」

厳しく問う幾右衛門に、若者はうなずく。

「では答えてくれ。おぬしの名は」

「蓮見《はすみ》松之亟《まつのじよう》です」

「何、蓮見だと。父の名は」

「幹左衛門《みきざえもん》です」

幾右衛門は目を見張った。無二の友の倅だったからだ。

幾右衛門と幹左衛門は若い頃、あるじから右左《うさ》がおれば御家は安泰だと言われて可愛がられた。

だが幾右衛門は、一人息子を辻斬りで喪ってからは生きる気力を失い、暇を願い出て御家を離れていた。その時にはまだ、幹左衛門に子供はいなかったのだ。

「そうか、幹左衛門は子宝に恵まれておったか」

言われてみれば、切れ長の目と鷲鼻《わしばな》に、幹左衛門の妻の面影がある。

「もう二十年も会《お》うておらぬが、父親ではなく母御に似ておるな」

「よく言われます」

嬉しい気持ちを隠さぬ幾右衛門であるが、下を向いてしまう松之亟の表情を見て、心配になった。

「幹左衛門は息災か」

松之亟は、辛そうに目を閉じた。

「息災かどうか、分かりませぬ」

「どういうことだ」

「殿が、会わせてくれませぬ」

「わしは、ご当主を知らぬのだ」

幾右衛門が仕えたあるじはすでに他界し、跡継ぎがいなかったため、本家から養子を迎えているのは知っている。

「二十年は、長いのう」

嘆息を漏らした幾右衛門は、厳しい目を向けた。

「名簿の者を斬るのは、深いわけがあってのことか」

鎌をかけ、否《いな》と言うてくれと胸の中で願う幾右衛門だったが、松之亟は、悲しそうな目をしてうなずいた。

「父が守ろうとしていた御家のためです」

「その者たちが何をしたというのだ」

「奴らは結託して御公儀に働きかけ、相模《さがみ》にある野田家の領地八千石を本家に吸収し、御家を潰そうとしているのです」

幾右衛門は憤怒《ふんぬ》の声を張り上げた。

本家は、幾右衛門が重臣だった時から、良港がある相模の領地をほしがっていたからだ。

「おのれ、ご当主は初めから、そのつもりで養子に入ったのだな」

「父は殿をお諫《いさ》めしに行ったきり、戻らぬのです」

「いつから戻らぬのだ」

「もう三年になります」

「何！」

幾右衛門は立ち上がったものの、長い息を吐いて気持ちを落ち着かせ、松之亟の前に座りなおした。

「気持ちは分かったが、危ないことはもうよせ。知ってしまった以上、そなたを行かせるわけにはいかぬ」

松之亟は下を向いた。

「何ゆえですか」

「大怪我をしたからに決まっておろう。そなたを死なせてしまっては、幹左衛門に顔向けできない。追っ手がかかっておるゆえここにいろ。わしが守る。ただし、婆さんには言うな。いらぬ心配をさせたくないのだ」

「承知しました」

「薬ができましたよ」

由枝がそう言って入ってくると、松之亟はようやく、穏やかな表情を見せた。

この時、幾右衛門の家から密《ひそ》かに抜け出す影があった。信平の命を受けた鈴蔵が忍び込み、話を聞いていたのだ。

塀を越えて路地に下り立った鈴蔵は、見張りを続けている佐吉にうなずき、赤坂へ走った。

五

戻った鈴蔵から報告を受けた信平は、すぐに命じた。

「守谷一徹殿を幾右衛門の家に近づけぬよう、佐吉に言うてくれ」

「承知」

鈴蔵が去るのを目で追った信平は、控えている善衛門に告げる。

「五味が申していた辻斬りとは、別の話なのだろうか」

「それはそれがしも考えました。唯一の手がかりは、青鞘の刀だと、五味は帰り際に言うておりましたぞ」

「青鞘の刀……」

考えた信平は、善衛門に言う。

「今は、若狭藩に陰謀があるのか調べてくれ」

「はは」

善衛門はただちに出かけた。

御家騒動は、悪くすれば改易に処される。

三家の当主を知らぬわけではない信平は、鈴蔵が知らせた内容を頭で整理しながら、案じずにはいられなかった。

辻斬りと切り離して考えるなら、松之亟は、御家を守るために凶行に出たことになる。このまま続ければ、公儀の知るところとなり大変な事態になろう。

曇り空の下、月見台に出て考えを巡らせた信平は、長い一日を過ごした。

善衛門が戻ったのは、日が暮れてからだ。

自室で向き合う信平に、善衛門は渋い顔で告げる。

「殿、密かに訊いて回りましたが、どうも、鈴蔵が申したこととは違いますぞ」

「どのようにじゃ」

「若狭藩と旗本野田家の関係は良好で、藩侯の弟君が野田家の跡継ぎになってからは、領地を奪うどころか、二千石を分け与えて大名にせんと、藩侯自ら幕閣の方々に付け届けを送り、力を尽くしておるそうです」

「では、松之亟は何ゆえ凶行に出ておるのか」

「調べましたが、御家騒動とみなされるのを恐れておるのか、霧に包まれたように話が出てきませぬ」

主に幕閣たちを回っていた善衛門は、はっきりと、松之亟の名を出してはいなかった。

それがよいと思う信平は、翌朝、自ら動いた。旗本野田家におもむき、登城の折には廊下で立ち話をする仲でもある当主の正臣《まさおみ》に会い、直《じか》に問うことにしたのだ。

突然の訪問にもかかわらず、野田正臣は信平を歓待した。

「信平殿においでいただけるのは、この上ない喜びでございます」

満面の笑みで頭を下げる若き当主に対し、信平は微笑んで見せた。

「今日は、そなたに訊きたいことがありお邪魔をした」

すると正臣は、笑みを消して不安そうな顔をする。

「ただ遊びに来てくださったのでは……、ないようですね」

顔色をうかがうのは、思い当たるところがある現れか。

そう思う信平は、さっそく切り出した。

松之亟のことを話すと、正臣は嘆息を漏らし、冴《さ》えぬ顔で応じる。

「やはり、鷹司町に逃げ込んでおりましたか」

「守谷一徹殿がまいられたゆえ、気になり話を聞きたいと思うたまでだ」

この時信平は、鈴蔵から聞いたことをすべては話していなかった。ただ、鷹司町の家にいるようだと、伝えただけだ。

「かの若者は、正臣殿の家来なのか」

正臣は逡巡の色を浮かべ、落ち着きなく目を左右に動かして言葉を選んでいる風だったが、ふと、表情を引き締め、腹をくくったような目を向けてきた。

「斬られているのは、若狭藩と当家の者だけではないのです」

信平は知っているが、あえて問う。

「他に誰が斬られている」

「厚木藩の者です」

「実は麿の手の者が、松之亟の居場所を突きとめている」

こう切り出すと、正臣は目を見張った。

「信平殿の民を、傷つけましたか」

「怪我をして助けを求めたのは、以前、こちらに仕えていた幾右衛門という者の家だ」

「幾右衛門……」

「そなたが養子に入る前のことゆえ、分からぬであろう。松之亟の父親と同輩で、先代から右左と呼ばれていたそうだ」

考えていた正臣は、はっとした顔を向けてきた。

「思い出しました。来生《きすぎ》幾右衛門です」

「元商人だと聞いていたが、やはり、こちらの家来であったか」

「大変な切れ者だったらしく、先代が頼りにしていたようでしたが、一人息子を辻斬りで喪い、将来を見失ったようです。妻はそれが原因で、正気を失ったと聞いております」

　仲睦まじい夫婦だと心得ていた信平は、顔には出さぬものの驚いていた。

「気の毒なことだ」

「まことに。辻斬りの下手人は、いまだ見つかっていないはずです。友の息子が辻斬りまがいの凶行をしているのを、幾右衛門は知っているのでしょうか」

　信平はうなずいた。

「そのことだが、幾右衛門が理由を訊いたところ、松之亟は父の志《こころざし》のためだと答えたらしい。本日お邪魔をしたもうひとつの理由でもあるのだが、こちらに、松之亟の父幹左衛門殿はいるのか」

　正臣は答えぬ。

　その態度と顔つきを見て、人に言えぬ苦しみを抱えているように思えた信平は、無理押しをせず、黙って待った。

　そこへ、小姓が茶を持ってきた。

　茶台から湯呑み茶碗を取って喉を潤す信平に、正臣は小声でしゃべった。

「松之亟の父親は、三年前に病死しております」

　これを告げるのに、何を躊躇っていたのか理解できぬ信平は、正臣の目を見た。

「松之亟が幾右衛門に偽りを申すわけに、思い当たるふしがあるのか」

正臣は居住まいを正す。

「返り討ちにされ、助けを求めただけかと思われます」

そう言われて、信平は鈴蔵から聞いた相模の領地の件を伝えた。

「ありえませぬ」

正臣は即座に否定し、善衛門が調べたとおりのことを語った。

「我が兄は当家の領地を奪うどころか、二千石を分けて、それがしを大名にしてくださろうとしているのです」

信平は問う。

「では、何ゆえ三家の家臣を襲うのか」

「それは……」

また閉口する正臣は、やはり何かを隠している。

信平は、幹左衛門は病死ではないかもしれぬと思い、松之亟の動機を推測した。

「私怨による凶行か」

「………」

答えぬ正臣に、信平は問う。

「正臣殿、教えてくれ。松之亟の狙いはなんだ」

「あの者は、ただ、血に飢えているだけです」

信平は耳を疑った。

「今、なんと申された」

正臣は、辛そうな顔で信平を見ると、まともに座っていられない様子で片手をついた。

「それがしが知る限りではございますが、これまで襲われた者は皆、三家を代表する剣の遣い手でございます」

辛い胸のうちを聞けば、松之亟は幹左衛門の教えを胸に刻み、文武に励んでいたという。将来を有望とされた若者だったが、剣術を極めて無双になるにつれて、人を斬りたいと言いはじめたため、先を案じた正臣は、本家の若狭藩を頼って医者を呼び寄せて診させた。精神の異常を案じてのことだ。その結果は、正臣が睨んだとおりだった。名医の名をほしいままにしていた者が、匙《さじ》を投げた。松之亟は、まともではないと判断したのだ。

それを知った本家が、人を傷つける前に牢に閉じ込めた。

「松之亟が、十四の時でした。牢に入れられているあいだに幹左衛門が急な病でこの世を去ってしまいましたが、本家の者が、松之亟に伏せていたのです」

すべてはそこからだと言って唇を嚙む正臣に、信平が言う。

「伏せていた父親の死を、松之亟が知ったのか」

「思慮が浅い牢番が、生意気な松之亟を悲しませてやろうとして、しゃべったのです」

こう述べた正臣は、赤くした目を信平に向けて続ける。

「松之亟は、牢番の思惑どおり酷く悲しみ、食事も水も拒むようになりました。そして三日後に倒れていたものですから、牢番は死んだものと思い中に入ったところ、松之亟に襲われ、首を絞められて殺されました。脱獄した松之亟は、牢に入れた者を恨み、次々と襲っているのです」

信平は案じた。

「幾右衛門も狙われているのか」

正臣は首を横に振った。

「抵抗に遭い怪我をしていると思われますから、父親の朋輩《ほうばい》に助けを求めたのではないでしょうか」

そう告げた正臣は、両手をついた。

「ただちに我が家臣を遣わし、幾右衛門宅に踏み込んで松之亟を成敗いたします」

「それでは、罪なき幾右衛門夫妻の命が危ない。ここは、麿にまかせてくれ」

「信平殿のお手を煩わせるのは、こころ苦しゅう存じます」

恐縮する正臣に、信平は穏やかに告げる。

「我が町のことゆえ、遠慮は無用じゃ」

頭を下げる正臣にうなずいた信平は、急ぎ鷹司町へ向かった。


佐吉と守谷一徹を伴って幾右衛門の家に到着した信平は、年老いた夫婦の命を優先し、慎重に見守る。

まずは佐吉が、手筈《てはず》どおり妻の身体を心配する体で近づき、声をかけた。

「幾右衛門、江島だ」

中の音を探るも、静かだった。裏に回ろうとした佐吉の背後で、表の戸を開ける音がした。

「おお、いたのか」

戻った佐吉が、布をかけた膳を差し出した。

「奥方に精が付く食べ物を差し入れにまいった。休楽庵で人気のひとつである、とろろ芋と麦飯だぞ。受け取ってくれ」

「これは、かたじけない」

笑みを浮かべ、恐縮して受け取ろうとした幾右衛門に、佐吉は膳の布を取って見せた。

とろろ芋と麦飯の器の他に、一枚の紙を置いている。それには、「そばに松之亟がおるなら、瞼を二度閉じろ。辻斬りの下手人の疑いあり」と書いている。

文字を読んだ幾右衛門は、首を横に振って見せた。

佐吉が小声で告げる。

「中におるのは分かっている。危ない男ゆえ、隙を見て奥方と逃げられぬか。できぬなら、我らが踏み込む」

幾右衛門は、真顔で答える。

「出ていきました」

思わぬ事態に、佐吉は目を見張った。

「そう言えと脅されたか」

「いえ、まことに、出ていきました」

「いつだ」

「今朝目をさました時には、もうおりませなんだ」

「嘘を申すな。見張っていたのだぞ」

「そう言われましても、おらぬものはおらぬのです。妻が心配ですから、もうよろしいですか」

「待て、由枝殿が人質にされておるのか」

「とろろ飯は、妻の好物でございますよ」

話を切り、紙を佐吉に返して頭を下げた幾右衛門は、家の中に入って戸を閉めた。

押し入るわけにもいかず、仕方なく戻った佐吉は、信平に言う。

「幾右衛門は、松之亟が出ていったと言い張りますが、やはり様子がいつもと違います」

何かを気にしているのは確かだと言われた信平は、夜を待ち、鈴蔵を忍び込ませることにし、一旦その場を引き上げた。

六

佐吉が見えなくなるまで炊事場の格子窓から見ていた幾右衛門は、信平が来ていたとは思いもせず、安堵の息を吐く。

今朝方からふたたび熱を出している松之亟を捕らえさせれば命が危ないと思い、ついた嘘だった。人を騙《だま》したことがない幾右衛門はこころ苦しいのだが、ここが正念場と己に言い聞かせ、せっかくの食事を食べさせるべく、臥所に向かった。

布団で仰向けになり、目を開けていた松之亟に、差し入れの料理を食べるようすめる。

「代官が、仮病の婆さんのために届けてくださった。休楽庵のとろろ飯は旨いぞ。精が付くから食べなさい」

だが松之亟は、膳を見もしないで首を横に振る。

「お二人で食べてください」

由枝が気づかった。

「何か口に入れなければ、傷がよくなりませぬ。他に食べたいものがあれば遠慮なく言いなさい。なんでも作りますから」

松之亟は、口元に笑みを浮かべた。

「先ほど、亡き母の夢を見ていました。そのせいもあり、今は無性に、母の握り飯を食べとうございます」

由枝は涙ぐんで松之亟の手をにぎった。

「わたしが作りますから、待っていなさい」

いそいそと炊事場に行く由枝を止めようとした松之亟に、幾右衛門が言う。

「試しに食べてみるといい。婆さんのも、なかなかの味だ」

松之亟は穏やかな笑みを浮かべていたが、眠りに吸い込まれるように、瞼を閉じた。

そっと熱を確かめた幾右衛門は、まだあるため、やはり佐吉を帰してよかったと思うのだった。

幹左衛門がこの世にいないのを知らぬ幾右衛門は、朋輩のために、松之亟の命を守ると決めているのだ。

飯を炊くところから支度をはじめた由枝は、松之亟がひと眠りして目をさました頃に、臥所に戻ってきた。

「さあできましたよ。おあがりなさい」

傷が痛むため横を向いたまま握り飯を受け取った松之亟は、一口食べ、二口目には旨いと言い、涙を流して食べた。

二つ食べた松之亟は、優しい顔で見守る由枝に微笑む。

「おかげで、生き返った気がします」

由枝は、額に手を当てて言う。

「熱も下がりましたね」

「ありがとう」

松之亟の素直な様子と、我が子を見るような顔をする由枝に、廊下にいた幾右衛門はそっとその場を離れ、たまらず廊下の柱に寄りかかってむせび泣いた。

亡き息子を思い出したのと、もうひとつ、胸を締め付けるものがあるのだ。

大きく息を吐いて気持ちを落ち着かせた幾右衛門は、由枝の笑い声にはっとして、臥所に戻った。見ると、身を起こした松之亟と談笑しているではないか。

一瞬、松之亟の顔が死んだ息子に見えた幾右衛門は、目をこすった。

「由枝」

声に応じて廊下を向く由枝は、笑みを浮かべた。

「二十年ぶりに笑った。笑ったぞ」

嬉し涙を流す幾右衛門に、由枝は笑いながら、目元を拭った。

「松之亟、おぬしのおかげだ」

幾右衛門が感謝を込めて手をにぎると、松之亟は微笑む。

「わたしでよろしければ、息子と思うてくださいと言いました」

「そうか、そうか……」

胸がいっぱいになった幾右衛門は、由枝と三人で手を繫ぎ、改めて、松之亟を死なせぬと誓うのだった。

夜が更けた。

とろろ飯の器を休楽庵に返して戻った幾右衛門は、由枝を促して松之亟の臥所を出ると、六畳の納戸を挟んだ先にある仏間に入った。

明るさを取り戻した由枝と布団を並べ、若い頃にしていたように、手を繫いで語り合っていたが、どちらからともなく、いつのまにか眠った。

さらに夜が更け、草木も眠る真夜中になった。

しんと静まり返っている臥所は、有明行灯《ありあけあんどん》の油が尽きようとしている。

揺らめく火の、頼りない明かりの中で眠っていた松之亟は、身を起こした。火が消えたのはその時だ。暗闇の中で虚《うつ》ろな目をして立ち上がった松之亟は、静かに襖を開け、炊事場に続く板の間に入った。

外は、月の明かりがある。

勝手口の戸が音もなく開き、松之亟が裸足《はだし》で出てきた。

閉められている雨戸のそばに行き、中を探りながら歩みを進める。そして立ち止まると、じっと雨戸を見ていた松之亟は、いきなり振り向き、右腕を振るった。

怪我をしているとは思えぬ機敏な動作で投げた物が、庭木の枝を落として板塀に突き刺さった。その刹那、黒い影が板塀を飛び越え、気配が消える。

にっ、と、口元に歪んだ笑みを浮かべた松之亟は、板塀に歩み寄り、手を差し伸べた。

その様子を、少しだけ開けた雨戸の隙間から見ているのは、幾右衛門だ。

松之亟が動いた気配に目をさました幾右衛門は、何をするのか探るために、そっと廊下に出ていたのだ。

そして、庭にいる松之亟が次に取った行動に、愕然として、思わず声が出そうになった口を手で塞いだ。

板塀から引き抜いたのは、由枝が魚をさばく時に使う包丁であり、松之亟は刃を見つめると、嬉々《きき》とした表情になり、長い舌で舐《な》めたからだ。

気配に気付いた松之亟が、見開いた目を雨戸のほうに向けた。

その時にはもう雨戸を閉めていた幾右衛門は、妻が眠っている横に戻り、苦悶の表情で天井を見つめていた。

程なく、障子の外に気配がさした。松之亟が戻ったのだ。ゆっくりと、音を立てぬよう開けている。

幾右衛門は由枝のほうへ寝返りをして、寝たふりをした。すると、こちらの様子を確かめた松之亟は、障子を閉めて去った。

由枝の寝顔を見た幾右衛門は、これからのことを憂え、きつく目を閉じるのだった。


その頃、鈴蔵は脇腹を押さえ、夜道を急いでいた。

家の中に忍び込もうとしていた時に松之亟が出てきたので、慌てて身を隠したはずだったが、まるで見えているかのごとく、正確に刃物が飛んで来た。

庭木の茂みに身を隠していた鈴蔵は、枝葉の中から来た包丁をかわしそこね、脇腹を裂かれていたのだ。

傷は浅いはずだが、押さえている布だけでは血が止まらない。

痛みに耐えながら歩き、佐吉が張り込んでいる家にたどり着いたところで壁に寄りかかり、傷を確かめた。

月明かりでも分かるほど、右の脇腹がぱっくりと割れている。

物音に気付いた佐吉が戸を開けた。

「鈴蔵、斬られたのか！」

佐吉の大声に、張り詰めていた身もこころもゆるんだ鈴蔵は地べたに腰を下ろして、覆面を取ってしかめっ面を向けた。

「あの者、恐ろしい技を使います。包丁を投げられ、不覚を取りました」

「包丁だと」

傷を見た佐吉は、いかん、と言い、鈴蔵を担いで中に入った。

傷に呻く鈴蔵を見て、守谷一徹が信平に片手をついた。

「今すぐ手の者と踏み込み、松之亟を成敗します。ごめん」

勇んで行こうとする守谷を、信平は止めた。

「待たれよ」

「何ゆえ止められます」

「鈴蔵の話を聞いたであろう。松之亟はもう動ける。踏み込めば、幾右衛門夫婦の身が危ない。ここは、向こうから出てくるのを待つべきだ」

「お言葉を返しますが、信平様ともあろうお方が、何を恐れられます。松之亟は血に飢えた殺人鬼です。こうしているあいだにも、幾右衛門夫婦を手にかけるやもしれませぬ」

それでも信平は許さず、懐から出した文を、守谷に渡した。

開いた守谷が、目を見張る。

「これは……」

「昼間に、佐吉が届けたとろろ飯の器を休楽庵に返しに来た幾右衛門が、麿に宛てた文を女将に預けていたものだ。幾右衛門は、松之亟を息子のように思うている。麿は、そこに書いてある幾右衛門の想いを、尊重したいのだ」

守谷は神妙な面持ちでうなずき、見張りに戻ると言い出ていった。

空き家の二階にいる信平は、窓際に立ち、月明かりに黒い影を落とす幾右衛門の家を見つめた。

七

何ごともなく、数日が過ぎた。

「松之亟殿、背中の傷は、もう大丈夫ですよ」

甲斐甲斐《かいがい》しく世話を焼いている由枝は、背中に膏薬《こうやく》を塗ってやりながらそう言うと、嬉しそうな顔をして晒を巻きはじめた。

「お腹《なか》の傷も、膿《う》まずにすみましたから、直によくなるでしょう。でも、痛みが和らいだからといって無理はいけませんよ。刀はまだ、預かっておきます」

松之亟は、弱ったなあ、と言って笑みを浮かべる。

「母様、お願いですから、せめて手元に置かせてください。愛刀を触らないと落ち着かないのです」

母と呼ばれて由枝は驚いた顔をしたが、感動に相好《そうごう》を崩し、目元を拭った。

「しょうがない子です。では、食事をたくさん食べたら、持ってきましょう」

喜んだ松之亟は、由枝が支度を調《ととの》えた昼餉をもりもりと食べ、飯を喉に詰まらせ、慌てて茶を飲んだ。

「落ち着きなさい」

我が子を叱るように言う由枝は、空になった器を見せる松之亟に笑顔で応じると、膳を下げたあとで、奥の部屋から大小の刀を持ってきた。

松之亟は、由枝が臥所から出ていくと、顔に張り付けていた笑みを消して表情を一変させ、青鞘の刀を両手で持ち、すらりと抜いた。

鏡のように磨き抜かれた刀身には、乱れうねる刃文がある。

「これぞ、我が愛刀。美しい」

刀身を見つめる松之亟は、うっとりしたような面持ちだ。

庭に出た由枝が、松之亟の晒を干しはじめた。

その背中を見つめる松之亟の目が、みるみる怪しげな光を帯びてゆく。

これまで数多《あまた》の人を斬り、血を吸っている愛刀の光に操られているかのごとく、松之亟は人が変わったように、由枝に虚ろな目を向けている。そして、やおら立ち上がった。

「松之亟、起きておるか」

廊下からした幾右衛門の声に振り向いた由枝が、松之亟に微笑む。

この時松之亟は、刀を背中に隠して立っていた。そして下がると、気付かれないよう刀を鞘に納め、廊下に現れた幾右衛門に微笑む。

幾右衛門は、驚いた顔をした。

「刀など持っていかがした」

「返していただきましたから、久しぶりに、素振りをしてみようと思いまして」

「無理をすれば、せっかく塞がった傷が開くではないか。今日はやめなさい。それより、何が食べたい。なんでもよいぞ」

幾右衛門に続いて、廊下に歩み寄った由枝が言う。

「わたしが買い出しに行きますから、遠慮しないでよいのですよ」

松之亟は廊下に出て、二人に言う。

「出かけるのはおやめください」

由枝が不思議そうな顔をした。

「どうしてです」

「わたしを斬った者が、この家を見張っている気がするのです。どうか、わたしが出ていくまでは、家にいてください」

「でも、精が付く物がありませぬから……」

「いや、言われてみれば松之亟の憂いはもっともだ。怪我をさせた相手に覚えはあるのか、何者なのだ」

「分かりませぬ。辻斬りではないかと」

息子を辻斬りで喪っている由枝が息を呑み、胸を手で押さえて息を荒くした。

幾右衛門が心配して由枝の背中をさすり、大丈夫だと言って落ち着かせた。

松之亟はやめぬ。

「いきなり目の前に現れましたから、どうにもできませんでした。斬られたあとのことはほとんど覚えていませんが、お二人にお助けいただかなくては、きっと命を落としていたでしょう」

そう語る松之亟に、幾右衛門が問う。

「相手は、どのような身なりをしていたのだ」

「そうですね、覚えている限りでは、青白い着物を着て、頭巾で顔を隠していました。いや、全身黒ずくめだったかもしれませぬ」

「二人なのか」

松之亟は苦悶の表情をして頭を押さえ、呻いた。

「ああ、分からない。どちらだったか、分からない。分かっているのは、恐ろしい男だということです。執念深くて、人を斬ることを喜びにしている。善人などではなく、己の強さを世に知らしめたいだけの理由で人を斬っているのです。そんな奴がうろついている外に、母様が出てはなりませぬ」

酷く動揺し、己を見失ったように言い続ける松之亟に駆け寄った由枝が、抱きしめた。

「どこにも行きませぬから、心配しないで」

松之亟は恐怖に怯える声を張り上げ、由枝に抱かれながら、刀を手放そうとしない。

これは芝居か、それとも我を見失っているのか、幾右衛門は冷静な目を向け、松之亟の真意を探ろうとした。

必死に安心させようとする由枝に応えた松之亟は、やがて落ち着きを取り戻し、刀をにぎったまま横になった。

「少し、休みます」

微笑んでそう言った松之亟は、目をつむった。

由枝は幾右衛門を別室に促し、二人になったところで言う。

「よほど、恐ろしい目に遭ったのだと思います。御家のために戦っていると言いましたから、斬った相手は、辻斬りなどではありませぬ。お前様、どうにかなりませぬか」

「そのような話を、いつの間にしていたのだ」

「あの子は、父親の志のために戦うにしては、まだ若すぎるのです。お前様、松之亟殿に代わって、あの名簿にある人を……」

「名簿の中を見たのか」

由枝は首を横に振った。

だが、燃やそうとしていたのを思い出した幾右衛門は、由枝の目を見て言う。

「見たのだな」

助けを懇願するような面持ちをして黙っている由枝に対し、己の気持ちを隠している幾右衛門はこころ苦しくなった。松之亟は、辻斬りの下手人かもしれぬ。そう明かそうとしたのだが、言葉を呑み込んだ。由枝の肩越しに、襖の隙間からこちらを見ている目があったからだ。

幾右衛門は慌てて言葉を変えた。

「よさぬか由枝。わしは隠居した身だ。松之亟には申しわけないが、御家のことに関わるつもりはない。それより、何か精が付く物を食べさせてやりたいが、よい物は家に残っておらぬか」

由枝は気落ちした表情で首を横に振る。

「何もありませぬ」

「ではやはり、買いに出ねば」

身を案じているのが届くように声を張った幾右衛門は、出かけようとした。

裏の路地からおとなう声がしたのは、その時だ。

「毎度、魚屋です。ご注文の鯉を届けにめぇりやした」

由枝がはっとした。

「お前様、そういえば……」

「おお、忘れておった」

松之亟が来る前に、由枝が幾右衛門のために頼んでいた鯉が、折よく届いたのだ。

受け取りに行く時、幾右衛門は臥所をうかがった。すると、松之亟は廊下に背を向けて横になっていた。

だが、襖の隙間にあった目は確かに松之亟のものだった。見間違えたわけではない。

そう思う幾右衛門は、魚屋が待っている裏木戸を開けた。すると、いつもの魚屋の後ろに、佐吉がいた。

背後を気にする幾右衛門に、佐吉が紙を差し出して見せた。

脅されているなら、瞬きを二度しろと書かれている。

魚屋は、悟られないよう商売の話をしながら、心配そうな目を向けてきた。

やはり、松之亟は善人ではないのだと思わざるを得ぬが、幾右衛門は首を横に振る。

「何ゆえ逃げぬ」

小声で言う佐吉に、幾右衛門は小声で返す。

「朋輩のためです」

「騙されるな。蓮見幹左衛門殿は、三年前に病没している」

幾右衛門は目を見張った。

「まさか……」

「殿が野田家の当主から聞かれたのだ。松之亟は血に飢えているだけであるとも、おっしゃったそうだ」

「お前様」

呼ぶ声に振り向くと、由枝が勝手口から出ていた。その背後に松之亟がいる。

「いい鯉だぞ。またお願いする」

幾右衛門は魚屋にそう言って銭を渡し、佐吉とは目を合わせ、何も言わずに戸を閉めた。

動転がやまぬ気持ちを落ち着かせ、嬉しそうな笑みを作った幾右衛門は、鯉が水の中でじっとしている盥を抱えて戻った。

覗き込んだ由枝が、目を見開いて言う。

「まあ、立派な鯉ですね。松之亟殿、見てごらんなさい」

由枝の笑顔を見て、幾右衛門は思うことがあるが、松之亟に言う。

「どうだ。こいつは旨いぞ」

松之亟は、先ほどまでとは違い、穏やかな顔で答える。

「わたしは鯉を食べたことがないのですが、そんなに旨いのですか」

「待っておれ、今から造ってやるぞ。婆さん、味噌だれを頼む」

由枝は張り切り、松之亟のために支度にかかった。

幾右衛門は、松之亟があの夜戻していた、魚をさばくための包丁を手に取った。刃こぼれはしていないが、刃を清めるために研ぎ、鯉を盥から出してまな板に載せた。

鱗《うろこ》を丁寧に取り、鰓《えら》に切っ先を刺し込んで頭を外し、三枚におろしてゆく。

「できたぞ。これはな、鯉の洗いといって、その名のとおり薄く切った身を冷たい塩水でよく洗い、臭みを取ったものだ」

嬉しそうに言う幾右衛門に、松之亟は微笑む。

「旨そうです」

「食べてみろ」

幾右衛門が箸を渡し、由枝は味噌だれの皿を示す。

躾《しつけ》が行き届き、美しい箸の使い方で身を口に運んだ松之亟は、咀嚼《そしやく》をしていたが、目を見張った。

「旨い」

「そうであろう。精が付くゆえ、たくさん食べなさい。そうだ由枝、せっかくの料理に酒がないのは寂しい、熱いのをつけてくれぬか」

炊事場に立っていた由枝が振り向いた。

「お前様、うちにお酒はありませぬ」

幾右衛門は、額を手で打った。

「そうであった。めったにいただかぬから、忘れておった」

「わたしが求めてまいりましょう」

行こうとする由枝を、松之亟が止めた。

「危ないのでおやめください」

「大丈夫、すぐ向かいですから」

由枝は松之亟のために、裏木戸から出ていった。

幾右衛門が機嫌よく言う。

「心配するな。まだ外は明るいのだから、悪人も手出しできまい」

うつむき、目元に影を落とす松之亟の顔色をうかがった幾右衛門が、努めて明るく言う。

「これも食べてみなさい。婆さんの味噌煮は、絶品だ」

鯉こくというのだと教えて器を差し出してやると、松之亟は気を取りなおした様子で受け取り、喜んで食べた。そして、箸を止めた。

寂しげな顔をして、じっと器の料理を見つめている松之亟は、何を思っているのか。

「いかがした」

心配する幾右衛門に、松之亟は顔を上げて答える。

「今夜、ここを去ります」

幾右衛門は、気持ちが顔に出ぬよう応じる。

「まだ傷が治っておらぬであろう」

「もう大丈夫です。それより、母様を悲しませたくありませぬから、黙って行きます」

「何ゆえ急ぐ」

「まだ、やることがありますから」

松之亟がそう言って器を置いた時、胸元に名簿が見えた。

いつの間に入れていたのか。

そう思った幾右衛門は、意を決して告げる。

「どうしても、ゆくのか」

「行かねばなりませぬ」

「では、待っておれ。餞別《せんべつ》を持ってまいる」

「いけませぬ。世話になったうえにいただいては……」

「遠慮はいらぬ。いいから食べていなさい」

松之亟は微笑んで、食事に戻った。

もりもりと食べている松之亟が背後に置いている刀に目を向けた幾右衛門は、

「腹いっぱい食べるといい」

そう言って廊下に出た。仏間に行き、由枝が用意していた餞別の袱紗《ふくさ》ではなく、己の刀をつかんだ。抜刀し、背中に隠し持って戻ると、そっとうかがう。

松之亟は廊下に背中を向け、鯉料理を食べている。

由枝が戻る前に、かたをつけねば。

隙を見てこうすると決めていた幾右衛門は、今しかないと決意し、峰打ちに倒すべく無言の気合をかけて打ち下ろした。

肩を峰打ちする、後ろからの不意打ちにもかかわらず、松之亟はまるで背中に目があるかのように、横に転がってかわしてみせた。

片膝を立てた松之亟は、悲しげな目を幾右衛門に向ける。

「何をするのです」

幾右衛門は厳しく問う。

「松之亟、わしは見てしまったのだ。曲者に投げた包丁を舐める、おぞましい姿を。あれがお前の本性であろう。人を斬るのが喜びではないのか」

すると松之亟は、嬉々とした目をする。

その表情が常軌を逸していると思う幾右衛門は、口元を歪めた。

「友のため、これ以上人を殺《あや》めさせぬ」

松之亟は、肩を落としてため息をついた。

「少し休ませてもらえば、命は取らぬつもりでいたのに、馬鹿な人だ、峰打ちでわたしは倒せませんよ」

「黙れ！」

幾右衛門はふたたび刀を振り上げ、袈裟斬りに打とうとした。

だが、右足を前に出した松之亟が幾右衛門の手首を受け止め、その刹那、右手に隠し持っていた箸を太腿《ふともも》に突き刺す。

呻いて下がった幾右衛門を睨んだ松之亟は、己の愛刀をつかんで立ち、抜き放った。

幾右衛門は三度斬りかかったが、松之亟は右手のみで刀を振るって弾き上げる。

はっとする幾右衛門は、松之亟に胸を蹴られ、障子を突き破って庭に転がり落ちた。

追って飛び下りた松之亟は、つまらなそうな顔をする。

「父の朋輩だから、強いと思っていたのにがっかりだ。これでおしまいでは楽しめませんよ。さあ立って、刀を構えてください」

幾右衛門が、胸の痛みに歯を食いしばって立ち上がると、松之亟は嬉しそうな顔をして斬りかかる。

だが、幾右衛門が刃をかわして肩を峰打ちすると、松之亟は表情を一変させて激怒し、猛然と向かってきた。

鋭く刀を振るい、激しく技を繰り出してくる。

刃を受けてばかりで反撃できぬ幾右衛門は、家の壁際に追い詰められた。

胸をめがけて鋭く突き出された刀身を、幾右衛門は右にかわす。だが、壁に突き刺さる前に紙一重で止めた松之亟は、にたりと笑みさえ浮かべ、刀を一閃させた。

鋭い太刀筋で左足を傷つけられた幾右衛門は、力が入らず倒れた。その眼前に切っ先を止めた松之亟が、血に飢えた目を見開く。

「あの世で父に会えたら、松之亟は優れた剣の遣い手だと伝えてください。きっと、満足すると思いますから」

「もうやめよ。人を斬ったところで、なんの自慢にもならぬ」

「強い相手を倒せば、わたしはこの上ない喜びを感じるのです」

「そのために、罪のない者を斬ったのか」

「ああでも、たまには人助けをしていましたから、それは胸を張ってもよいでしょう」

「名簿に書かれた者の他にも、斬ったのかと問うておる」

「斬りました」

「親が草葉の陰で泣いておるとは思わぬのか」

「思いませぬ」

「何がお前をそうさせたのだ」

「この刀でしょうか」

悪びれもせず淡々と答える松之亟は、怪しげな光を宿している刀身を見つめ、うっとりした目をする。

「人の血を欲するは、人にあらず。このわしが幹左衛門に代わって止める」

立ち上がった幾右衛門に、松之亟は、にたりと笑う。そして鋭い顔つきに変じると、一足飛びに斬りかかった。

一太刀を受け止めた幾右衛門であるが、力負けして、刃が肩に斬り込む。

「うう」

歯を食いしばる幾右衛門に対し、松之亟は、喜びに満ちた目をして力を増す。だが、そのまともではない目を庭に向けた刹那、飛んで来た小柄を刀で弾き飛ばした。

助けに入ったのは、白地の狩衣に、黒の指貫《さしぬき》を着けた信平だ。

幾右衛門から飛び離れた松之亟は、信平が腰に帯びている鶯《うぐいす》色《いろ》の鞘の狐丸を見た。そして恐れるどころか、挑みかかる目を向ける。

「信平だな」

「いかにも」

松之亟は殺気に満ちた顔をして、猛然と斬りかかった。

怪我を思わせぬ鋭い太刀筋だが、数多の剣客と戦ってきた信平には通じない。

じっと松之亟の目を見たまま切っ先をかわした信平は、ふたたび刀を振り上げた隙を逃さぬ。

一足飛びに間合いを詰め、狐丸の柄頭で腹を突かれた松之亟は、足が浮くほど飛ばされ、背中から地面に落ちた。

「おのれ！」

叫んで立ち上がった松之亟は、信平を討たんとして刀を振り上げたのだが、目を見張り、口から血を吐いた。腹の刺し傷が悪化したのだ。

刀を地面に突き立てて膝をつく松之亟に、信平は言う。

「そなたに傷を負わせた者は、息を引き取ったそうだ。生まれたばかりの子を置いて逝かねばならぬ無念を、思い知るがよい」

「死んで、たまるか」

呻いて立ち上がった松之亟は、充血した目を大きく見開き、刀を振り上げて信平に迫る。

だが、ふたたび血を吐いた松之亟は、刀を落として膝をつき、顔から地面に倒れた。

長い息を吐いた信平は、頭を下げている幾右衛門に歩み寄り、手を差し伸べた。

傷だらけの幾右衛門は、足の痛みに耐えて平伏した。

「由枝殿は、佐吉が預かっておるぞ。自ら成敗するのを見せぬために、出したのだな」

「血に飢えた人殺しを匿《かくま》いましたこと、お詫び申し上げます。それがしを罰してくだされ」

「そうではあるまい」

信平は、幾右衛門の手を取って頭を上げさせた。

「血にまみれた名簿に記されていた名に、覚えがあったのではないか」

幾右衛門は、はっとした顔を上げた。

「名簿をご存じでしたか」

「中は知らぬが、手の者がそう申しておった。この者は、麿を知っておるようだったが……」

幾右衛門は、神妙な顔でうなずく。

「確かに、信平様の名がございました」

「それを見て、嘘を見抜いたのか」

「はい。下手に捕らえようとすれば、妻の身に危害が及んでしまうと思い、気付かぬふりをして機をうかがっていたのです。傷が癒えて出ていったあとを追い、捕らえるつもりでした」

「それゆえに、佐吉を遠ざけたのか」

「初めは下手人とは知らず、怪我をしている姿が、辻斬りに斬られた息子と重なってしまったのです」

匿ったことを改めて詫びる幾右衛門を、信平は称賛した。

「そなたのおかげで、多くの命が救われた。礼を言う」

「とんでもないことにございます。どうか、頭をお上げください」

恐縮する幾右衛門に、信平は言う。

「朋輩の息子ならば、そなたは辛いであろう。だが、これからも、この家に住み続けてほしい。暮らしに事欠かぬよう、生涯面倒をみるゆえ」

「信平様……、それがしのような者に、目をかけてくださりますのか」

信平はうなずいた。

「そなたのことは、野田家当主の正臣殿から聞いていたのだ。この町の民のために、役人として力になってはくれぬか」

幾右衛門は、居住まいを正した。

「信平様にそう言っていただけるのは、何よりの誉れにございます」

「では、よしなに頼む」

信平はそう言うと、息を吹き返し、這《は》って逃げようとする松之亟に顔を向けた。

生きていることに驚いた幾右衛門が取り押さえ、松之亟に言う。

「おぬしが殺めた者たちのために、裁きを受けさせる。覚悟しろ」

松之亟は幾右衛門を見て、悔しげに歯を食いしばり、執念深い、気味の悪い目をして叫んだ。

「斬りたい！　誰でもいいから、人を斬り殺したい！」

第三話　京の留守番屋

一

薫風の季節、鷹司松平信政は高野川《たかのがわ》に架かる橋を渡り、照円寺《しょうえんじ》近くにある師、道謙《どうけん》の家に日参していた。

学問も身につけ、江戸に戻る日も近いと思っている信政は、改めて、道謙に修行を懇願したのだ。

道謙は信政を学問への道に誘《いざな》う際、剣術についてはもう教えることはないと言っていたはずだが、

「鈍《にぶ》っておらぬか、みてやろう」

などと言って、快諾した。

この日も朝から、修行に励む信政の声が家の裏手からしており、表を通りがかった京の民が足を止め、何ごとかという顔を向けている。程なく、道謙の厳しい教えの声がすると、

「毎日毎日、ようやりはりますな」

呆れたように独り言《ひとご》ちるも、笑みを浮かべて歩みを進めてゆく。

鳶《とび》が舞う空の下、裏庭にいる信政は全身汗みずくになり、息を上げて立っているのがやっとだ。いっぽう、相手をしている道謙のほうは、紺の胴着の襟に汗染みを浮かせているものの、まったく息が上がっていない。

二人のあいだには、目に見えぬ剣気がぶつかり、ぴりぴりとした空気が漂っている。

信政は、道謙の強い剣気を押し破るがごとく気合を発して、己から動いた。

挑みかかる鋭い太刀筋を、道謙は身軽に、ひらりと優雅にかわす。鳥が羽を広げるように振るわれた両腕が、木刀を空振りしたばかりの信政に迫る。

並の剣士では、道謙が繰り出す鳳凰《ほうおう》の舞をかわすことはできぬ。

信政も何度、道謙の剣に打ち倒されたことか。

身をもって鳳凰の舞の凄《すさ》まじさを知り、その剣技を盗めというのが、道謙の教え

だ。

次こそは！

信政は、背中に迫る道謙の攻撃を、鳳凰の舞をもって制するべく体《たい》を躍らせる。

道謙の打ち出した木刀と、信政の木刀がぶつかり合った。その刹那に両者が飛びすさり、まったく同じ瞬間に地を蹴り、ふたたび交差する。

そんな二人を、縁側で見学していた月太郎《つきたろう》が、隣で豆の選別をしているおとみに感動を伝えた。

「母上、今のを見ましたか。信政様は初めて相打ちでした」

「そう」

声を弾ませる月太郎に対し、当然だ、と言わんばかりの態度をとるおとみは、息子の腕を引いて身を寄せさせた。その時、月太郎が座っていた場所に木くずが落ちてきた。道謙と信政の戦いの場は屋根に移っており、軒に穴が空いて落ちてきたのだ。

「まったくもう、家が倒れてしまうよう」

ぶつぶつ小言を並べつつ豆の選別をしているおとみに笑った月太郎は、手伝って豆の選別をはじめた。

程なく、目の前に信政が落ちてきた。

顔を歪めて呻く姿を見た月太郎が、慌てて駆け寄る。

「大丈夫ですか！」

「大丈夫……」

信政は辛そうな顔をしながらもそう答えた。

そこへ、鳥が下り立つように、ふわりと道謙が飛び下りてきた。

木刀を肩に載せた道謙は、二十も若返ったかのような面立ちをしており、姿勢もよい。

そんな道謙に、おとみはうっとりした顔をしている。

「おとみ」

道謙が呼べば、

「あい」

と乙女のような返事をするおとみに、信政と月太郎は、互いの顔を見て、密かに笑うのだった。

道謙がおとみに告げる。

「腹が減った。飯にしてくれ」

「稽古は終わりですか」

「見てのとおりじゃ」

月太郎の手を借りてようやく立ち上がる信政に木刀を向ける道謙が、薄い笑みを浮かべる。

おとみは、神妙に頭を下げて礼を述べる信政を見て目尻を下げ、労《ねぎら》うために口を開く。

「信政殿は、よい顔つきをしておられます。立派な大人になりつつあるのですね」

「まだまだじゃ」

厳しい道謙に、信政はうなずく。

「明日もお願い申します」

「うむ。飯を食うてゆけ」

「はは」

信政は汗を拭き、おとみが調えてくれた膳の前に正座した。

食事をはじめて程なく、おとみが給仕をしながら、共に食べている月太郎に言う。

「月太郎も、信政殿を見習って稽古に身を入れなさい」

月太郎は背中を丸めた。

近頃は月太郎も、道謙から剣の手ほどきを受けていたのだが、才がなく、本人もそれを感じていて、もっぱら夢中になっているのは、草木はどうして育つのか、だった。

おとみを手伝って畑仕事をしているうちに、興味が湧いたらしい。

そのことを知っている道謙が、おとみに言う。

「月太郎の稽古は、素振りができればそれでよい。五年後にまだ変わらず草木に興味を持っておれば、しかるべき学問所に通わせてやる」

月太郎は瞠目《どうもく》した。

「父上、まことですか」

道謙はうなずく。

「それはそれで、極めれば人の役に立とう」

「母上、聞きましたか。お許しをいただきました」

おとみは微笑んだ。

「よかったですね」

道謙の口から許しを得ようとしているとしか思えないおとみの態度に、信政は驚いた。

道謙もそれに気付いているらしく、喜ぶおとみと月太郎をおおらかな表情で見ていた。

る。

日照りに強い野菜をこの世に出したい、人の役に立つことをしたいという月太郎の志が立派だと感じた信政は、学問で得た知識と、道謙の薫陶《くんとう》を胸に、父信平を助け、民のために働きたいと思うのだった。

道謙宅を辞して帰っていた信政は、川の流れを見ながら歩いていたのだが、ふと、争う声がしているのに気付いて前を向いた。竹垣に囲まれ、大木の庭木が目を引く瀟《しよう》洒《しや》な家の前で、人相の悪い輩と一人の男が言い争っている。

道を歩いている人はいるが、止める者はいない。

道謙や信平ならば、すぐには止めず、どちらに非があるかじっくり見極めるはずだと思う信政は、素知らぬ様子で歩みを進めた。

近づいた時、声を荒らげている男の後ろにいた仲間が信政の視線に気付き、不快そうな顔をして声を張った。

「見世物じゃやねえ！」

あっちへ行けと、手を振られた信政が下がると、男は舌打ちをして仲間のところへ戻った。

「やるのか、やらないのかどっちだ！」

責める声が耳に届いた信政は、同じ年頃の連中が集まり、何か悪さをたくらんでいると思い、顔を真っ青にして黙り込んでいる男を見た。

悪事に引き込まれようとしているに違いないと感じた信政は、父のように止めなければと思い、歩きはじめた連中の跡をそっとつける。

五人に囲まれた男が連れて行かれたのは、鴨川《かもがわ》に架かる橋の下だ。そこには他の連中もおり、手足を縛られた若者が草の中に横たわり、二人の若者が見張っていた。

酷く痛めつけられている若者のところへ連れて行かれた男は、

「お前もやれ」

と言われ、木刀を渡された。

男は躊躇いを見せたが、手を取って無理やりにぎらせた男が、背中を押した。

辛そうな顔をした男は、横たわって恐れた顔をしている若者の前に行くと、

「すまない！」

泣いて詫び、木刀を振り上げて胸に打ち下ろした。

若者が激痛に叫ぶと、仲間たちが煽《あお》る声を張った。

「どうした、気絶するまでやれ！」

その声を聞いた信政は、助けに行くため土手を下りようとした。

「やめておけ」

止める声に振り向くと、上等な生地の着物を着た武家の若者が信政を見ていた。

精悍《せいかん》な目をして、意志が強そうな顔をしている人だと思った信政は、

「放っておけませぬ」

そう答えた。

すると若者は、歩み寄って告げる。

「くだらぬ仲間内の揉《も》めごとに関わっても、ろくなことはないぞ」

「仲間？」

「そうだ。奴らは同じ穴の狢《むじな》よ」

そう言われて橋の下を見る信政に、若者が続ける。

「奴らは近頃、京で大きな顔をしている無頼者だ。悪辣《あくらつ》な連中で、女を騙して売り飛ばしたり、盗賊の真似《まね》をして金を稼いでいる。今囲まれて痛めつけられている者も、仲間から抜けるため密かに町を出ようとして捕らえられただけで、悪事を重ねてきた悪党だ」

信政は、そのような連中がいる噂を耳にしていただけに、騒ぐ男たちを改めて見た。そして、思いついたことを述べるため口を開く。

「所司代《しょしだい》に届けますか」

返事がないので振り返ると、そこに若者はいない。

土手の道を走っていた若者は、大胆にも橋から飛び下り、木刀を頭めがけて打ち下ろそうとしていた男を蹴り倒して怒鳴る。

「それをやると、死んでしまうぞ！」

言われた男は、我に返ったようにはっとして、木刀を捨てた。

「いいところだったのに何をしやがる！」

煽っていた仲間たちが憤怒の声をあげ、武家の若者を取り囲んだ。

武家の若者は、不敵な笑みさえ浮かべて告げる。

「悪党ども、かかってこい」

正面にいる者が木刀の柄に唾を吐き、襲いかかった。

一撃をかわした若者は、刀を抜かず、手刀で相手の首を打った。

呻いて下がる悪党に代わって、五人が木刀を振り上げ、一斉にかかろうとする。

そこへ、信政が橋から飛び下りた。着地したものの、不安定な石のせいでよろけてしまい、木刀を振り上げていた悪党の背中に頭からぶつかった。

ふいを突かれたその悪党は、もんどりうって川に頭から落ち、泳げないと叫んで助けを求めた。

このままでは溺れ死んでしまうと焦った信政は、木の枝を見つけて助けに行った。

うまくつかんだ男を引っ張り上げた時には、若者と戦った悪党どもが、痛めた腰を手で押さえたり、足を引きずったりしながら逃げていくところだった。

信政が助けた男は、ずぶ濡《ぬ》れの着物の裾を端折《はしょ》り、仲間を追って逃げてゆく。

若者に助けられた二人も、役人が来るのを嫌ったようで、二人で支え合いながら土手をのぼっている。

「そのまま京から出ていけ！」

大声で告げた武家の若者を見た信政は、目を見張った。怪我をしていたからだ。

「どこをやられたのです」

「不覚を取った」

乱戦の最中、悪党の一人が手に隠していた寸鉄で足を刺されたという。

右足から血が出ており、思うように歩けないらしい。

信政は肩を貸し、土手から連れて上がった。

ため息をついた武家の若者が、信政の腕をつかんだ。

「だから言わんことではない、お前のせいだぞ」

頼んだ覚えがない信政だったが、影響を与えてしまったと思い神妙に頭を下げた。

「家まで送ってくれるのだろうな」

「当然です」

ついそう答えた信政は、ふたたび支えた。

鴨川沿いの道を川下に向かい、案内されたのは四条《しじょう》の町だ。

若者は武家の身なりをしているが、家は京のどこにでもある町家だった。

戸口まで送ると、若者はそこで初めて名乗った。

有泉《ありいずみ》剱《つるぎ》。歳は二十歳だという。

立ち話のまま、剱が父親自慢をはじめた。

父親は、京で聞いたことがある有泉流を編み出した剣客だったため、信政は瞠目した。

「有泉流は存じております」

「であろうな」

剱は鼻をこすり、嬉しそうな顔をするも、それは一瞬で、すぐさま迷惑そうな顔で告げる。

「剣才はあるが、親としてはなっていない」

「何ゆえですか」

「旅に出たまま、何年も行方《ゆくえ》が分からなくなっているからだ。まあ入ってくれ」

劔はこの家で、母親の津樹《つき》と、十歳下の妹彩瀬《あやせ》の三人で暮らしている。

家族を紹介された信政は、母親と妹に頭を下げた。

「信政と申します」

苗字《みょうじ》を告げない信政に、

「信政殿……」

津樹が優しそうに目を細める。

「息子がお世話になりました」

「お世話になりました」

母に続いて畳に丁寧に両手を揃えるしっかり者の妹に、劔が即座に反応する。

「悪いのは信政だ」

信政は恐縮した。

「どうか、お顔を上げてください。劔殿が怪我をされたのは、わたしのせいでもあるのですから」

言っておいて、信政は小首をかしげる。どうも、劔の調子に引っ張られてしまうからだ。

この言葉を待っていたかのごとく、劔が次に述べたことに信政は耳を疑った。

「今、なんと申されました？」

「痛《い》たた」

足の傷を手当てしながら顔をしかめて見せた劔は、信政に繰り返した。

「今夜の仕事を、手伝ってくれと言うたのだ」

訊けば、劔は母と妹を食べさせるために、留守番の仕事を生業《なりわい》にしていた。

先ほどの者たちのように物騒な輩が跋扈《ばっこ》する京では、劔のように信頼を得て、留守番を商いにしている者がいる。

まだ駆け出しの劔は、客の信用を第一に考えて仕事に穴を空けぬよう、普段は金にならぬ危ないことはしないのだが、今日はつい、助けてしまったという。

「お前のせいでな」

こう言われて、また信政は劔の調子に引き込まれた気がして断ろうとしたのだが、母親と妹に助けを求めるような目を向けられて、返答に迷った。

剱が追い打ちをかける。

「今夜の雇い主は、いつも使ってくれている者だから断れないのだ。だが、わたしはこのざまだ。怪我をしている者が留守番では客を不安にさせるし、何より信用を失いたくないのだ」

頼む、と両手を合わせて懇願された信政は、母親と妹のために、請け負うことにした。

「分かりました。手伝います」

「おお！　助かった」

喜んだ剱は、時がないから支度を急ごうと言い、信政を隣の納戸に誘った。

「こっちに来てくれ」

信政は、微笑む母親と妹に頭を下げ、剱に続いて納戸に入った。

剱は赤い胴具を取り、信政に差し出した。

「これを着けろ」

信政は目を白黒させて問う。

「どうしてこんな物を……」

「備えに決まっているだろう」

大小の刀も帯びろと言われて、信政は苦笑いをして拒んだ。

「ただの留守番でしょう。刀はまだしも、胴具は大袈裟ではないですか」

するとお劔は、大真面目に告げる。

「防具を着けていればよかったと思うより、どうして着けてしまったのかと思うほうがよほどましだ」

万が一賊が来た時のために、常に備えは怠らないと述べたお劔は、弓まで出してきた。

「町の者が笑おうが、こうして雇い主の家に入るところを賊が見れば、押し入る気にはならないだろう」

信政は、お劔の考えに感心した。

「なるほど、分かりました」

赤い胴具に、脛当《すねあて》と籠手《こて》まで着けた信政を見たお劔は、満足そうに言う。

「外見は強そうに見える」

笑う信政に対し、お劔は大真面目に言う。

「刀を抜くことはないだろうから安心しろ」

どうやら、先ほど川岸での戦いに出遅れた信政を見て、か弱い若者だと思っているようだ。

「出かけるぞ」

そう言って先に立つ劔に続いた信政は、これではかえって動きにくいと思いつつ、戦《いくさ》にでも行くような出で立ちで外へ出た。

二

町の者たちの注目を覚悟していた信政だったが、

「見て、いい男」

「どこかで芝居をするんやろか」

などという声が聞こえてきた。

これをよい折と捉えた劔が、すかさず唄う。

「えー、こちらは留守番屋ぁ。家を留守にする時は、今京で流行《はや》っている留守番屋、有泉劔が財を守りますからご安心!」

その途端に、人々の顔に嘲笑が浮かぶのを見た信政は、赤面しながら、劔を急がせた。

剱に連れて行かれたのは、鴨川の近くにある一軒家だった。

間口は他の家より広く、漆喰《しっくい》で固められた壁には、雲を模した飾りが施されている。

「ずいぶん立派ですね」

見上げて言う信政に、剱は小自慢する。

「妻のまあさんが作る織物《おりもの》が、京の豪商たちに重宝されているからな」

「なるほど、お忙しいのですか」

「そういうことだ。で、仕事が一段落すると、夫婦で日頃の疲れを癒やしに有馬《ありま》の湯に浸かりに行かれるというわけだ」

そのあいだの留守番を、決まって剱がしているのだという。

「では、明日もですか」

不安になり問う信政に、剱は微笑む。

「心配するな。今回は近場の嵐山《あらしやま》で泊まられるから、番は今晩だけだ」

安堵した信政は、戸を開けておとないを入れた。

出てきた若い女は、下女だという。

あるじ夫婦はすでに出かけており、下男と下女が残っていた。

親しそうに話す劔が、下女に信政を紹介した。

すると下女は、恥じらうように頭を下げる。

劔がすかさず突っ込む。

「いい男だろう。惚れたか」

「もう、おやめください」

劔の胸をぶって恥ずかしがる下女は、どうぞご勝手に、と言って、奥に引っ込んでしまった。

笑って中に入った劔に続いた信政は、広い土間を奥へ行き、廊下に上がって、奥向きに足を運んだ。

苔《こけ》を美しく見せる中庭を横目に廊下を歩き、劔に続いて入った部屋は、八畳間だった。

「もう取っていいぞ」

劔がそう言い、弓を置いた。

防具を外した信政がくつろいでいると、先ほどの下女が茶菓を持ってきてくれた。

すると劔が、また突っ込む。

「おいね、先ほどは顔を赤くしていたが、今度は唇が赤いな」

「もう劔様のいけず！」

ぷいっとしたおいねは、信政には笑みを浮かべて茶菓を置き、劔の分は持って帰ろうとするので、劔は手をつかんで止めた。

「冗談だ。今日も美しくて可愛いぞ」

「馬鹿」

おいねは折敷《おしき》ごと置いた。

「旨い」

まったく気にしない様子で菓子を食べている信政に、劔とおいねは驚いた顔を向けたが、二人ともすぐに笑った。

おいねが、ごゆっくり、と言って戻ろうとするのに対し、信政は礼を言って見送り、劔に問う。

「お二人は、恋仲なのですか」

茶を含んでいた劔が吹き出した。

「見ていなかったのか。おいねはお前を気に入ったのだ」

「わたしの目には、おいねさんの劔殿を見る目が、特別に思えましたが」

おいねは器量よしのため、劔はまんざらでもなさそうな顔をしながら否定した。

信政は話題を変える。

「それより、外見のとおり、中の造りも立派ですね」

「隣の家が火事になっても、火が回りにくくされているからな」

劔は漆喰で固められた内壁をたたきながら続ける。

「この家には百両以上もする織物がたくさんあり、金蔵にも財が置かれている」

信政はうなずく。

「それは、下男下女が二人だけでは心配ですね。他にも同じような商家がありますから、留守番屋というのは、よいところに目をつけられたと思います」

「そうであろう」

「しかし一人では、凶悪な盗賊は構わず狙ってくる気もします。江戸では用心棒がいても、盗賊が押し入ることがありますから」

先のことを心配する信政に、劔は笑った。

「そういう奴らが来れば、皆で逃げるのみだ。そこのところは、雇い主も承諾している」

「そうでしたか」

「まあ、戦支度をした者がいるところに、命をかけて入る阿呆《あほう》はいないだろうけどな」

　これまで一度も賊と鉢合わせになっていないという自負が、劔にはあるのだ。

　納得した信政は、下男と下女がいる家で、留守番をした。

　劔が言うとおり何ごともなく夜が明け、昼間は寝ながら番をした。

　料理上手だというおいねが出してくれる飯はどれも美味《おい》しく、信政は喜んでいただいた。

　昼間には昼寝をしながら番をする劔に、おいねは腹が冷えぬよう自分の着物を持って来て掛けてやるなど、世話を焼いている。

　二人はいつも仲良くしているのだろうと思う信政は、昨日は自分のせいで怪我をさせてしまったと思い、悪いことをしたと反省した。

「いや、違うか」

　つい、そう思わせるのも劔の才だと認めた信政は、一人で笑うのだった。

　無事、夕方に戻ってきた夫婦は、信政がいたので驚いたようだが、劔が事情を話すと、まあが心配した。

「怪我をしたの？」

「大丈夫です」

「大丈夫ではないでしょう、足を引きずっているのですから」

自分の息子に接するようにするまあに、劔は笑って言う。

「昨日の今日ですから。でもほんとうに大丈夫です。次の時は治っていますから、またお声がけください」

商売上手な劔に、まあは安堵の笑みを浮かべる。

優しそうな人だと、信政は思った。

「ではこれ、御手当てね」

まあは信政の分も渡そうとしたので、劔は固辞した。

「一人分いただきます」

またお願いしますと言って家を出る劔に続いて、信政もあるじ夫婦に頭を下げ、防具を抱えて帰った。

「これはお前の分だ」

律儀に半分を渡そうとするので、信政は断った。

「いりません」

「いいから取っておけ」

金を胸に押し付けようとする劔の手から逃れていると、目の前にある陶器屋の奥から、あるじらしき男が出てきて声を張った。

「おい劔、戦仲間を増やしたのか？」

からかって笑われても、劔はいやな顔ひとつせず、

「ご要望があればいつでも留守番をしますよ」

こう下手《したて》に出ると、陶器屋の男は、腕組みをして答える。

「お前さんに高い手当てを払うくらいなら、芸者と遊ぶよ。なあみんな」

表に出ていた商売仲間が賛同し、劔を嘲笑《あざわら》った。

「行きましょう」

それでもへこへこする劔を見て、信政は腕を引き、その場から離れた。

「言わせておけばいいんだよ。お前が怒ってどうする」

笑って言う劔に、信政は立ち止まって告げる。

「次も手伝いますから、声をかけてください」

劔は、我が意を得たり、という顔をする。

「やってくれるのか」

町の連中にからかわれる劔を助けたいと思うのも、うまく乗せられた気がしないでもない信政だったが、今京を騒がせている賊を捕らえて、劔を馬鹿にする者たちの考

えを変えてやりたいという気持ちが勝るのだった。

「ええ、足の傷が治るまで手伝います」

そう約束をした信政は家の表で劔と別れ、南条家《なんじょうけ》に帰った。

夕餉《ゆうげ》を終えてくつろいでいる時、信政は持久《もちひさ》に、昨夜《ゆうべ》帰らなかったほんとうの理由を話した。

耳をかたむけた持久は、ひょんなことから知り合いになった劔のことを愉快そうに話す信政に、目を細めて言う。

「馬が合うようだな」

「はい」

信政は居住まいを正した。

「そこでお願いがございます。足の怪我が治るまで手伝う約束をしましたもので、その時は、学問を休ませていただけないでしょうか」

持久は身を乗り出して答える。

「わたしは構わぬが、今日も道謙様のところへ稽古をしにゆくのではなかったのか」

「明日、お詫びに行きます」

「道謙様のことゆえ、事情を話せば分かってくださろうが、くれぐれも、無礼のないようにしなければならぬぞ」

「はい」

神妙に頭を下げて自室に戻った信政は、早めに休んだ。

翌早朝に出かけた信政は、道謙宅に走った。

家に行くと、道謙は裏庭にいると教えてくれたおとみに、信政は頭を下げた。

「昨日来させていただくと言っておきながら、何も言わず申しわけありません」

おとみは笑った。

「わたしはいいんですよう。それより、先生がお待ちです」

「はい」

裏庭に急いだが、道謙の姿はなかった。

林の中だと思い、小道を走った。この先に、円形の開けた場所があるのだが、道謙が修行で刀を振るい、木を斬り倒すため年々広くなっている。

草の小道を走り抜け、広場に出た刹那、頭上に気配を察した信政は、前転してかわした。

大木の上から斬りかかってきた道謙が、地面の草の葉を一枚斬ったところで刃を止めた。

ここまでまったくの無音であり、信政はいつも、道謙は人ではないと感じる場面だ。

「ようかわした」

薄い笑みを浮かべる道謙に、信政は片膝をついて頭を下げた。

「昨日のこと、お許しください」

黙ってわけを聞いてくれた道謙は、太刀を鞘に納めて信政に持たせ、ふっと、笑みを浮かべて告げる。

「血は争えぬな。賊に出くわすことがあれば、父のように見事捕らえてみせよ」

「はは」

「それを持ってゆくがよい」

信政は、道謙の愛刀に目を見張った。

すると道謙が、目を細めて告げる。

「埋忠明寿《うめただみようじゆ》ではない。無銘の名刀じゃ」

信政は押しいただいた。

「使わせていただきます」

「では、それを抜いてかかってまいれ」

道謙は、落ちていた枝を適当な長さに折り、右手のみでつかんで向き合った。

刀を帯に落とした信政は、鯉口を切り、ゆっくりと抜く。

意外に軽く感じる刀身は、道謙が名刀というだけあり、清流の水面《みなも》のような光を帯びている。

「いざ！」

気合を発した信政は、遠慮なく道謙に挑んだ。

半日ほど、たっぷりしごかれた信政が林から出ると、畑仕事をしていたおとみと月太郎が、手を止めて驚いた顔をした。

おとみが声をかける。

「信政殿、土をいじっている月太郎よりも土だらけになっているじゃありませんか」

駆け寄ったおとみは、まあこんなに、と言い、手拭いで顔を拭こうとした。

「師匠は、やはり天狗ですね」

信政はそう言って、気を失って倒れた。

驚いて騒ぐおとみに、あとから来た道謙が声をかける。

「疲れておるだけじゃ。すぐに目をさます」

「でもお前様……」

顔を上げたおとみが、涼しげな顔をしている道謙に目を見張った。

「あれぇ、今日も若返ってらっしゃる」

「ほほ、人を天狗のように言うものではないぞ」

道謙はおとみの胸をちょんとついて、笑いながら月太郎のところへ行くと、畑を耕しはじめた。

疲れ果てて倒れている信政と、月太郎と笑いながら元気に畑を耕す道謙を見くらべたおとみは、確かに剣術の稽古をする二人の声が聞こえていた林を見て、

「もう一人、道謙様の代わりがいたのかね」

そう言って、首をかしげるのだった。

三

翌朝、朝餉をとる信政に、給仕をしてくれた霧子《きりこ》が心配そうな顔をした。

「昨夜は遅く帰ったようですが、道謙様よりこってりとお叱りを受けたのですか」

「いえ、稽古をつけていただきました。不覚にも、気を失っていたもので……」

恥ずかしそうに打ち明ける信政に、霧子は動揺した。

「どこか痛めたのですか」

頭を打ったのかと心配する霧子に、信政は大丈夫だと言って、飯のおかわりを頼んだ。

それを見て、持久が笑って言う。

「四杯もおかわりをする食欲だ。何も心配はいらぬぞ」

「普段は食が細いから、心配なのです。やはり頭を打ったのでは」

なおも頭を見てくる霧子に、信政は笑った。

「師匠は細い枝で相手をされましたから、頭は大丈夫です」

それでやっと安堵した霧子は、飯をよそってくれた。

腹ごしらえをした信政は、劒の家に行くと告げて屋敷を出ると、昨日の稽古で道謙に打たれた痛みが残っている右肩を押さえ、腕を回しながら道を歩いた。

手で容易く折ることができるほどの細い枝で、この痛みだ。師匠は、気を入れておるからじゃ、と言っていたが、打たれた時は、木刀にも勝る衝撃だった。

自分はまだまだ未熟だと思い知らされた信政は、

「いつか必ず、師匠を越えてみせる」

改めて自分に言い聞かせ、腕を振って歩みを進めた。

劔の家に行くと、出迎えた母親が泣いていた。その後ろでは、妹も泣いている。

劔の姿がないので、信政は心配になり母親に問う。

「何かあったのですか」

「朝方、不幸な知らせが来てしまったのです」

訊けば、劔の父親が横死したという。

信政は驚き、劔はどこに行ったのか問うと、川にいるはずだと言われて、頭を下げて走った。

鴨川の土手から捜すと、劔は川辺の石に腰かけ、ぼうっとした様子で流れを見つめていた。

土手を駆け下りた信政が近くに行くと、振り向いた劔は、立ち上がった。

「来たのか」

「母御から聞いてきました。御父上《おちちうえ》は、ほんとうに亡くなられたのですか」

劔は悲しそうな顔でうなずいた。

「剣客のくせに、戦って敗れたのではなく、人を助けようとして崖から落ちたそうだ」

「確かなのですか」

劔は信政の目を見て答える。

「京に帰る途中だったらしく、知らせた者が、妻を救っていただいたと、母に言ったらしい。遺髪と、曲がって抜けぬようになった刀だけが、無言の帰宅をした」

「刀は……」

「父の物に間違いなかった」

答えた劔が、堪え切れぬ様子で唇を嚙みしめ、瞼をきつく閉じた。その目尻から光るものが流れたが、劔はすぐに拭い、声を震わせた。

「父が戻れば、二人で道場をはじめるつもりだったが、その夢は叶《かな》わぬことになった。崖から落ちて死ぬなど、剣客が聞いて呆れる」

口では悪く言うも、深い悲しみに耐えているように見えた。

劔は川面《かわも》を見つめて口を引き結び、無言の時が流れてゆく。それでも信政は、黙ってそばに寄り添った。

日が西にかたむき、川風がひんやりとしてきた頃に、石に腰かけて感傷に浸っていた劔は、やおら立ち上がり、手ににぎっていた石を川に投げた。

「父が戻らぬからには、わたしが稼がねばならぬな。こうしている暇はない」

「手伝います」

劔は信政の肩をたたき、家に帰った。

付いて行った信政は、外で待てと言われ、そのとおりにした。劔は、母親と妹が悲しむ姿を見せたくないのだと思ったからだ。

程なくして、防具に身を包んだ劔が出てきたので、信政は驚いた。

「傷はよいのですか」

「いつまでも、お前を頼ってもおられまい。だが、今日だけは一緒にいてくれ」

寂しそうな笑顔だと思った信政は、うなずいた。

「そのつもりで来ましたから」

劔が向かったのは、祇園《ぎおん》の商家だ。

大坂《おおさか》に行く用があるあるじに頼まれ、心細がる女将の久江《ひさえ》のために留守番をするという。

優しい久江は、若い二人に手料理を振る舞ってくれた。

「お二人とも、力を出すために、しっかり腹ごしらえをしてくださいね」

二人が来てくれて、ほんとうに気持ちが楽になったと喜ぶ久江は、近頃京を騒がせている盗賊を恐れているのだ。

その気持ちを察して、劔が胸を張って告げる。

「この出で立ちで、弓まで持っているのを賊どもがどこかで見ているでしょうから、襲ってはきません。ご安心ください」

久江は笑顔で答える。

「鎧武者《よろいむしゃ》みたいで窮屈そうだから、食事の時はお取りになって」

「では、そうします」

いつものように、賊は来ないと笑う劔は、防具を外してくつろぎ、食事をもりもりと食べた。

昼間よりも陽気に振る舞う劔に信政は、父親の死を悲しんでいるのが久江に伝わらないようにするために、そうしているのだと思っていると、久江が心配そうに声をかけてきた。

「信政殿、お顔の色が優れないようですけど、具合が悪いのですか」

「いえ……」

「では、何か悲しいことでもあったのですか」

返答に困り下を向く信政に、劔が笑って言う。

「この者は、まだ慣れていないから不安なのです。信政、案ずるな、万が一賊が来ても、わたしが打ちのめす」

自信に満ちた劔に信政が微笑むと、

「いいお顔」

久江はそう言って、飯のおかわりを促した。

信政は遠慮なくいただき、楽しく夕食をすませた。

夜も更け、家は静かだった。

起きて番をしているものの、

「今夜も何も起きないぞ」

劔は暇そうに言い、大の字になった。

つられてあくびをした信政であるが、外で物音がしたのにいち早く気付き、立ち上がって外障子を少しだけ開けた。

劔も気付いていたらしく、行灯の火を吹き消す。

真っ暗になった部屋の中で息をひそめていると、裏庭に怪しい影がひとつ走り、物陰に隠れた。続いて二人目、三人目が物置小屋の横に走り込む。

「盗賊です」

小声で告げた信政は、襖を開け、久江がいる奥の部屋に急いだ。

眠っていた久江を揺すって起こした信政は、小声で告げる。

「盗賊が来ました」

驚いて声をあげそうになる久江の口を押さえた信政は、あるじが教えてくれていた隠し部屋に久江の手を引いて行き、中に隠した。

「おさいと利吉《りきち》も連れてきてちょうだい」

久江が下男下女のことを心配するが、部屋には一人しか入れない。

「この部屋には無理です。守りますから安心して隠れていてください。何があっても、迎えに来るまで出てはいけません」

信政はそう言って戸を閉めた。漆喰が塗られている戸は、閉めると壁にしか見えない細工になっている。

廊下を戻った信政は、外をうかがっている劔のそばで片膝をつく。

「どうですか」

「様子を探っているようだ。二人増えた。来るぞ」

立て続けに告げた劔が、信政を押す。

「奴らはわたしが倒す。おさいと利吉のところへ行っていろ」

「でも……」

「いいから行け。隙を見て逃げ、役人を呼んでくれ」

劔は障子を荒々しく開け、賊の前に出た。

「おい！　そこを動くな！」

防具を着け、弓まで持っている劔に腰を抜かさんばかりに驚いた賊どもであるが、

「こやつは怪我をしている！　恐れることはない、やれ！」

叫んだ男に、劔は鋭い目を向ける。

「その声、覚えがあるぞ」

河原で戦った因縁の相手だと気付いた劔は、弓を引いたが狙いが外れてしまい、舌打ちをして弓を捨て、刀を抜いた。

賊と気合をかけ合う劔を心配しながら、信政は内廊下を走り、まずはおさいの部屋に行った。

「おさいさん、盗賊だ」

声をかけて襖を開けた信政の目に飛び込んできたのは、行灯の明かりの中で、利吉

がおさいをがっしりと抱き、首に刃物を当てた姿だ。

瞬時に悟った信政が、利吉の目を見て口を開く。

「賊を引き入れたのか」

「そうだよ」

利吉は歪んだ性根を表す笑みを浮かべて続ける。

「刀を置いて下がれ、刺すぞ」

「待て、言うとおりにする」

脅しに屈するしかない信政は、利吉の指図に応じて刀を置いた。

おさいを脅して刀を拾わせた利吉は、表に出ろと命じる。

信政は従い、劒と賊がいるところへ戻った。

賊と刀を向け合って対峙《たいじ》している劒に、利吉が怒鳴る。

「おい！　抵抗するとこの女を殺すぞ！」

脅された劒は、しまった、という顔をして信政と目を合わせ、仕方なく刀を置いて、油断なく座敷に戻った。

信政が劒の腕を引き、床の間に背を向けて下がる。

五人の賊どもが刃物を向けて逃げ道を断つと、利吉は勝ち誇った笑みを浮かべて、おさいに言う。

「うまくいったな」

そう言われたおさいは、恐れていた表情を一変させて信政の刀を利吉に渡し、悪意に満ちた顔で答える。

「ええ、まったく」

その態度を見て、劔が声を荒らげた。

「お前たち、賊の仲間だったのか」

利吉が真顔になって答える。

「そうだよ。初めからではないが、おさいが金になる仕事があると言うから、乗ったのさ。女将さんが一人になる夜に、手引きする手筈だったが、旦那様が急にお前たちを雇ったのには焦った」

おさいが口を挟んで告げる。

「おかしらに知らせようにも居場所が分からないから、仕方がなかったのよ。巻き込んでごめんなさいね。でもお前様たちもいけないのよ、留守番屋なんかするから。自業自得ってやつね」

悪く思っていないおさいの態度に、信政は問う。

「そこで一芝居打ったのですか」

「だって仕方ないでしょう。劔様が戦支度をしているからよ」

「やれ！」

頭目の声に応じた賊の一人が匕首《あいくち》を懐に入れ、劔が置いていた刀をつかんだ。その者は、劔の足を寸鉄で刺した男だ。

「今日は、生きて帰さないぞ」

覚悟しろと声を張った男が、刀の切っ先を向けて劔に迫る。

それを見た信政は、縄を掛けようとした男の隙を逃すことなく、喉を指で突いた。

急所を突かれて苦しむ男を蹴り飛ばした信政は、劔に斬りかかろうとしている男に向いて一足飛びに迫る。

慌てて刀を振り上げ、斬り下ろした男の手首を受け止めてつかんだ信政は、ひねり倒した。その時にはもう、刀を奪っている。

劔を守って賊と対峙した信政は、刀を峰に返して構える。

「殺してしまえ！」

頭目の声に応じた一人が、気合を発して匕首を向けて突っ込んできた。

信政は刀を下から振り上げ、相手の手首を打つ。

飛ばされた匕首が天井に突き刺さると、その男は、砕かれた手首の激痛にのたうち回った。

信政の太刀さばきに、賊どもは怯んだ。

「野郎！」

頭目が怒鳴り、刀を振り上げて斬りかかる。

信政は相手の目を見たまま刃をかわし、すれ違う。その時には、賊は腹を峰打ちにされており、劔の前で刀を落とし、腹を抱えて悶絶《もんぜつ》した。

信政は疾風《はやて》のごとく次の賊に迫り、瞬く間に六人の男を倒した。

その信政から、悲しそうな目を向けられたおさいは、引きつった悲鳴をあげたものの、往生際悪く逃げようとする。

信政は、そんなおさいの後ろ首を手刀で打ち、気絶した身体を受け止めて、仰向けに横たえた。

賊どもが倒されるのを愕然とした顔で見ていた劔は、信政に刀を返すと言われて、はっと我に返った。

「お前、いったい何者なのだ」

問われた信政は、身分を隠そうとしたのだが、

「これまで仲ようしたではないか。わたしを友と思うてくれるなら、教えてくれ」

こう言われて、打ち明けることにした。

「わたしの父は、将軍家直参旗本、鷹司松平信平です」

先に驚きの声をあげたのは、賊どもだ。京を動乱の渦にしようとした下御門一味を倒した信平の息子と知り、恐れているのだ。

信政が目を向けると、頭目の男は顔を強張らせ、ひれ伏した。

それを見て、劒が笑って信政に向く。

「どうりで強いはずだ」

信政は首を横に振る。

「まだまだ、父には敵《かな》いませぬ。それより、この者たちをどうしますか」

「所司代に引き渡す」

承知した信政が賊どもに歩み寄ると、一人も抗うことなく、縄についた。

病に臥し、昨年没してしまった前任の永井尚庸《ながいなおつね》から所司代を引き継いでいるのは、戸田越前守忠昌《とだえちぜんのかみただまさ》だ。

清廉潔白の戸田は、二人を歓待した。

「京を騒がせておる賊には、手を焼いておったのだ。信政殿、このとおり、お礼申し上げる」

頭を下げられて恐縮した信政は、

「どうか、顔をお上げください」

当然のことをしただけだと言うと、戸田は微笑み、

「信平殿に、似ておられる」

こう告げると、横に座している剣に目を向けた。

「留守番屋をする若者の噂を聞き、一度会うてみたいと思うていた。大手柄であるぞ。名を申せ」

「有泉劔にございます」

「有泉といえば、有泉流の創始者である陽元《はるもと》殿の縁者か」

「陽元は、我が父にございます」

「おお、そうか」

戸田は、珍しいものを見るような眼差しになり、信政に言う。

「では、親子で友になったな」

聞けば、信平と陽元は、信平が道謙の弟子となり剣の修行をしていた頃に、何度も立ち合い稽古をしており、友であり、好敵手だったそうだ。

「わしは直に見たわけではないが、二人の立ち合いは、それはもう凄まじく、周囲を圧倒したと聞いておるぞ。信平殿の戦いぶりは言うまでもないが、下御門の乱の折に陽元殿が加勢してくれておれば、もっと早うに決着しておったであろう。父は今、どこで修行をしておるのじゃ」

劔の口から陽元の死を聞かされた戸田は、酷く胸を痛めた様子で返した。

「それは、辛いことを思い出させてしもうた。許せ」

「いえ」

「しかし、惜しい人を亡くした。わしは、陽元殿が剣術道場を主宰されることを望んでおったのじゃ」

劔はうつむいた。

「叶わぬこととなり無念ではございますが、父はきっと、よき生涯であったと、満足しておりましょう」

「うむ」

そこへ、賊を尋問していた戸田の家来が来た。

「では、我らはこれにて」

帰ろうとする劔に続いて信政が立ち上がると、戸田が止めた。そして、家来に問い返す。

「今、なんと申した」

家来がふたたび小声で告げると、戸田は目を見張った。

「それは確かか」

「そのように、口を割りました」

家来に言われて、戸田は信政と劔に、神妙な面持ちで告げる。

「おぬしたちが捕らえた者は、我らが追う凶悪な賊の頭目、韮勝臣《にらかつおみ》の手下だ」

劔が問う。

「厄介な相手ですか」

戸田は渋い顔でうなずいた。

「韮一味の中心は忍び崩れの者で固められ、神出鬼没ゆえ難儀をしておる。しかも頭目の韮勝臣は、蛇のごとく執念深い奴で、手下の一人を斬って捨てた大坂の町奉行所与力が、後日韮に連れ去られ、無惨な姿で見つかった」

劔が、表情を暗くした。

「どのような目に遭わされたのです」

「口にするのもおぞましい仕打ちじゃ」

「たとえばどのような」

知りたがる劒に、戸田は仕方なく答えた。

「身体中に浅い刀傷があり、長いあいだ苦しめられたはずじゃ。とどめは、目から刀を突き込まれておったそうじゃ」

劒は吐き気を催し、外へ駆け出した。

黙って真顔で座している信政に、戸田が険しい表情で告げる。

「それほどに執念深い者ゆえ、手下を捕らえたそなたたちを狙《ねろ》うてくる恐れがある」

「来れば、捕らえてやりましょう」

表情を変えずに答える信政に、戸田は目を細めた。

「頼もしい限りじゃが、くれぐれも油断せぬように」

「はは」

戻ってきた劒が、気を取りなおして所司代に告げる。

「信政殿と同じく、来れば捕らえてやります」

「怪しい者がおれば、すぐ知らせなさい」

頭を下げた信政は、劔と共に所司代屋敷をあとにした。

四

翌日、剣術の修行を終えた信政は、道謙と昼餉をいただく折に、陽元のことを話した。

「今わたしが手伝っている劔殿は、息子でした」

道謙は箸を置き、湯呑み茶碗を手にして、考えるような面持ちで言う。

「陽元……、懐かしい名じゃ」

「父と剣術の修行をした仲だと、所司代様から聞きました」

「信平が江戸にくだる前の話じゃ。陽元は、信平が江戸にくだってすぐ、剣の修行に旅立ち、以来、根無し草だったが、妻を娶り、しばらく京で暮らしておった。しかし、子が生まれて二年もせぬうちに修行の虫が騒ぎ、旅に出るようになったと聞いておる。思いついたように戻っておったが、今はどこで何をしておるか、所司代は知っておったか」

信政は、横死を告げた。

道謙は、遠くを見る眼差しをして、ため息をついた。

「陽元と信平は、鞍馬《くらま》の山では崖を飛び回りながら剣を交えておったが、人を助けるために足を踏み外したか。信平が知れば悲しむであろうが、想うところがあろうゆえ、知らせてやるがよいぞ」

「では、文を書きまする」

「わしもしたためるゆえ、共に送ってくれ」

「承知しました」

道謙の文を胸に入れて南条家に帰った信政は、己の部屋に籠もって筆をとった。

まずは劔との出会いを書き、短いあいだだが、交流を持って感じたところを詳しく伝えたうえで、信平と陽元が鞍馬の崖で切磋琢磨《せっさたくま》していた頃の様子が目に浮かぶ想いをしたためた。そして、劔と二人で盗賊を捕らえたことや、今しばらく、留守番屋を手伝うことを書き記し、朝を待って江戸に送った。

そして昼間は勉学に励み、夕方になると劔の家におもむいた。

「今夜は、仕事がないと言うたはずだぞ」

驚く劔に、信政は微笑む。

「暇なので来ました」

すると劔は、探るような目をした。

「さては、所司代様の言葉が引っかかっているな」

執念深い韮一味がここに来れば、まだ足の痛みが残っている劔一人では危ない。

そう思って来た信政は、素直にそうだと告げた。

劔は鼻で笑ったが、

「お前はやはり、いい奴だな」

肩を抱いて喜び、家の中に引き込んだ。

「そういうことなら、いっそのこと、わたしの足が治るまでいてくれ。母と妹も安心できる」

「話したのですか」

「当然だ。知っていたほうが、いざという時に身体が動く」

語りながら居間に行くと、母の津樹と妹の彩瀬が、白い鉢巻きと襷《たすき》を締めて戦う支度を整えていた。

劔が告げる。

「母上、千人力の信政が今日から泊まってくれますから、もう恐れることはありませぬぞ」

まだうんとは言っていない信政は、否の言葉が口先まで出かかったが、やはり取りやめた。津樹と彩瀬が安堵する顔を見てしまったからだ。

津樹が三つ指をついた。

「盗賊を捕らえられたこと、祝着《しゅうちゃく》にございます」

彩瀬も母に倣《なら》い、信政に頭を下げた。

「どうか、顔をお上げください。悪をひとつ潰せたのは、劔殿が留守番屋をはじめたおかげですから。わたしは手伝っただけです」

「そのせいで、恐ろしい頭目に仕返しをされるかもしれないのです。ほんとうに、申しわけありませぬ」

「母様、わたしが好きで手伝ったことですから、どうかもう、お気になさらないでください」

頭を上げた津樹は、穏やかな顔でうなずき、夕餉の支度をすると言って彩瀬を連れて台所に行った。

また劔の調子に乗せられたと思う信政は、

「早く足を治してください」

小声で伝えた。

笑った劔が、足の晒を解いて見せる。

「このとおり、あと少しだ」

傷は塞がり血も出ていないが、皮膚が赤黒くなっていて、まだ痛々しい。

「踏ん張りも利くようになったから、賊などに負けはしない」

「では、立ち合い稽古をしてみませんか」

「まだだ、まだお前の相手にはなれぬ。やるとなると、勝ちたいからな」

そう言って笑う劔に、信政も微笑んでうなずく。

おとなう声がしたのはその時だ。

警戒の色を浮かべて立ち上がった劔が、出ようとした母を止めて表に行く。

信政も行くと、訪ねて来たのは女が一人だった。

劔が振り向いて告げる。

「仕事の依頼だから大丈夫だ」

どうやら常連らしい。

親しそうな話しぶりからそう思った信政は、居間に戻って座った。

話を終えた劔が、

「今から仕事だ」

そう言うと、台所にいる母親のところへ行き、今夜は帰らないと伝えた。

客が待っているというので、信政は訊いた。

「常連の客ではないのですか」

「うむ。常連客からの紹介だそうだ。親戚の者が危篤になったため留守にするらしい。金蔵を守ってほしいとのことだ。前金までもらった」

小判を二枚見せた劔は、礼をたっぷりすると言い、信政を促す。

「ここが心配です」

不安になった信政に、津樹が言う。

「わたくしたちは大丈夫です。曲者が来れば、逃げますから」

劔が信政に言う。

「韮一味が狙うとすれば我らだ。ここにいないほうが、都合がいいとは思わぬか」

言われてみればそうだと思った信政は、応じて立ち上がった。

「行きましょう」

「待て、留守番屋の支度をする」

急ぎ防具を着けた劔は、いつものように弓も持ち、表に出た。

待っていた三十代の女が、劔の出で立ちに目を丸くしている。

「噂どおりですね」

頼もしそうに言う女に、劔は爽やかに笑って見せる。

「我らにおまかせを。行きましょう」

昌《まさ》と名乗った女が案内したのは、高台寺《こうだいじ》の裏、将軍塚の麓にある、森に囲まれた静かな邸宅だ。

土塀に囲まれた屋敷は、元は武家のものだったそうだが、廻船《かいせん》で財を成した昌の父親が、大金を積んで払い下げてもらい、余生を楽しんでいるという。

頑丈そうな表門から入った信政は、劔に言う。

「その身なりは、この屋敷に合っていますね」

「おう」

勇ましく返事をする劔に、昌はくすりと笑い、母屋に促す。

「父と二人で暮らしておりますから、広すぎるのですが」

そう聞いて、劔が母屋の中を見てため息をつく。

「五十人は暮らせる広さです。羨ましいですね」

「掃除が大変」

笑って言う昌に促されて廊下に上がると、奥の部屋から父親が出てきた。

白髪の総髪を鬢付油《びんつけあぶら》で撫《な》で付け、日に焼けた渋い顔は、元船乗りというよりも、武士に見える。

「おとっつぁん、快く受けてくださいました」

昌が言うと、父親は白い歯を見せた。

「よう来てくださった」

笑うと途端に、人が好《よ》さそうな商人の顔になった。

「急な知らせがあって、急いで発《た》たなくてはなりませんのじゃ。この奥にある内蔵に、余生を楽しむための小銭がありましてな、留守番屋の商売が繁盛されておるように、京には盗っ人が多いものですから、心配なのです」

「ご安心ください。しっかりと守ります」

防具をたたいて言う劔に、父親は名乗った。

「申し遅れました。手前は、昌五郎《まさごろう》と申します。以後、お見知りおきを」

「こちらこそ」

頭を下げる劔と信政に満足そうな顔をした昌五郎が、娘に向く。

「お昌、おとっつぁんはもう出られるぞ」

「わたしもこのまま行きます」

「そうか、ではお二方、ばたばたしてなんのおもてなしもできませんが、食事は用意してありますからお召し上がりくださ い。酒も、好きなだけ飲んでくだされ」

「お気づかいありがとうございます」

劔が出かけるよう促すと、親子は、戻ったら改めてもてなすと言い、慌ただしく出ていった。

「危篤と言うていたが、間に合うとよいな」

防具を取りながら劔が言い、さっそくくつろいでいる。

「それにしてもこの屋敷は、親子が二人だけで暮らすには広すぎるな。鷹司松平家の屋敷は、当然ここよりもっと広いのだろう」

「まあ、それなりに。家来たちもいますから、無駄な広さではないとは思いますが」

「わたしも、母と妹を広い家に住まわせてやりたいと思っているが、道場の夢は潰《つい》えてしまった」

しんみりとする劔に、信政は問う。

「留守番屋をやめて、仕官を望もうとは思わないのですか」

「父は剣客だが、代々浪人の家という理由で召し抱えてくれるところはなかったようだ」

信政は驚いた。

「道場を主宰するのが夢ではなかったのですか」

「それは、わたしの望みだ。母は教えてくれないが、父が旅に出たのも、ほんとうは剣の修行ではなく、仕官の口を求めていたに違いない。直参旗本を望んでいたようだが、断りの書状が来たのを、幼心に覚えている」

「そうだったのですか」

「お前が落ち込むなよ」

劔は笑って肩をたたいた。

「わたしは学もないから、食うためにこの商売を続ける。いずれは人を増やして、母と妹によい暮らしをさせてやりたい」

本心なのか、あきらめの境地なのか読めない信政は、黙って聞くのだった。

会話が途切れると、誰もいない広い家はやけに静かだった。まだ虫が鳴く季節には早く、時折、風が雨戸を揺らす音がする。

そんな静けさの中で、劔は眠気に襲われたらしく、

「先に少し眠る」

と言い、信政に背を向けて横になった。

暇な留守番をこれまで一人でやってきた劔は、どのように過ごしていたのだろう。

そう思った信政は、家族のために働く若者の背中に、哀愁を感じるのだった。

劔との会話が途切れ、どれほど時が過ぎただろう。

精神の鍛錬をするべく、座禅を組んで無の境地に挑んでいた信政は、ふと沸き立った気配に瞼を開けた。

誰かいる。

そう確信した信政は、道謙から借りている無銘の太刀をつかみ、片膝立ちで背後の襖に目を向けた。

眠っていたはずの劔がむくりと身を起こし、弓を取って矢を番《つが》え、信政とは違う襖に向けて弓を引いた。

無音が続くが、気配は消えるどころか、三方に増えた。

「囲まれたぞ」

劔が小声で告げた刹那、奥側の襖が両方に引き開けられ、黒装束の曲者が襲いかかってきた。

その前に弓の狙いを転じていた劔が、一矢を放った。

刀を振り上げていた曲者は胸を貫かれ、呻いて下がると仰向けに倒れた。信政の目の前の襖が開き、廊下側の障子も蹴破られ、曲者どもが一斉に襲いかかってくる。

片膝立ちの信政は抜刀術の一閃が相手の足を斬ると、背後から斬りかかってきた曲者の一撃を右に転がってかわし、前から刀を振り上げて迫り来る別の曲者の腹を突いた。

「劔殿、外へ！」

「おう！」

弓を刀に持ち換えた劔と共に庭に出た信政は、暗闇の中に潜む気配に刀を向け、劔のそばに足を運んだ。

空を切って飛んで来た物を信政がたたき落とす。見ると、手裏剣だった。

信政は、気配がある闇を見つめて口を開く。

「韮勝臣か」

声音鋭く問うと、闇に火打ちの火花が散り、五台の篝火《かがりび》が燃え上がった。

信政と劔を囲むように燃える篝火の明かりに浮かんだのは、十数人の曲者だ。いずれも忍び装束を纏い、同じ色合いの布の覆面で表情を見ることはできない。

劔が声を張る。

「韮勝臣はどいつだ！　こそこそしておらずに顔を見せろ！」

「堂々と、会うておるではないか」

背後でした声に覚えがある信政は、振り向いた。覆面をしているが、目が語っている。

「昌五郎……」

「何！」

驚いた劔が、手下から刀を受け取った男に問う。

「おのれ、謀《たばか》ったな！」

「我が手下を獄門台に送ってくれた礼を、たっぷりするために招いたのだ。ゆっくり血を抜いてやるあいだに、留守番屋などとふざけた商売をしたことを後悔するがいい」

菫が手を前に振ろうとした時、

「おえっ」

劔がかがんで、喉の奥から息を吐いた。

「所司代様から聞いた、こやつらがやったおぞましい話を思い出したら気持ち悪くなった」

そう言いつつも、余裕ありげに笑う劔を睨んだ菫が、怒気を込めて手を振る。応じた手下どもが網を張り、生け捕りにするべく囲いを狭めてくる。

「まずいぞ」

劔はそう言ったが、信政は菫に向かって走った。

「無謀だ」

劔が声を張り上げる前で、信政は地を蹴り飛び上がる。

道謙に鍛えられた跳躍力は、軽く屋根に上がることができるほどだ。

怪鳥のごとく頭上に迫る信政に、菫は目を見開いた。

飛びすさる菫の前に下り立った信政は、振り向きざまに太刀を一閃させ、網を持つ手下どもの足を浅く斬り、包囲の一角を崩した。

いっぽう劔は、三人がかりで掛けようとした網を刀で断ち切り、一人を突き飛ばして信政の元へ走る。

「ええい、斬れ！」

菫が怒鳴ると、手下どもは一斉に抜刀した。

鍛えられた忍びのごとく、刀を逆手ににぎって低く構え、飛びかかってくる。

信政は振るわれた刃を見切ってかわし、相手の肩を峰打ちした。

骨を砕かれた手下が呻いて倒れるのを横目に、次の曲者に迫った信政は、一人、二人と胴を打ち抜け、菫を守る曲者を倒してゆく。

道謙に鍛えられた剣の技が冴える信政の姿に、菫は息を呑んだ。

足の傷が治りつつある劔の有泉流も、信政に劣らぬ。

迫る手下どもを右に左に斬り進む劔は、相手と一度も刃をぶつけることなく倒してゆくのだ。

一味をことごとく痛めつけられ、立っているのが一人になった菫は、若い二人に迫られ、怯えて下がった。

「貴様ら、いったい何者だ」

「留守番屋だ」

声を揃えて答えた信政と劔は、顔を見合わせて笑った。

「ふざけおって」

ゆっくり刀を抜いた菫の剣気が怒りに満ち、敏感な信政たちにぴりりと伝わってきた。

一拍の間のあと、菫が劔に襲いかかった。

右手のみで一閃させた逆袈裟斬りの太刀筋は鋭く、劔はたまらず刀で受け止めた。

だが、ほぼ同時に菫の左拳が顔面に迫り、殴られた劔は、意識が飛んで足からくずおれた。

朦朧《もうろう》としながら立とうとする劔の腹を蹴った菫が、呻いて転がる劔に刃を向けて突き下ろそうとした。そこへ信政が斬りかかると、予測済みとばかりに刀で受け止めた菫が、刀身を絡めるようにして切っ先を向けて突く。

顔面に迫る刃をかわした信政は、足を引いて間合いを空ける。

覆面を取って投げた菫が、凶悪そうな面構えで信政を睨み、猛然と迫った。

鋭く一閃する刃をかわした信政に対し、菫は次々と技を繰り出す。突きから刃を転じて首を狙った一閃は、信政の喉の皮一枚を傷つけ、赤い筋が浮く。

「怖いか、小僧」

まるで手加減したとばかりに、菫が嬉々とした顔で構えを変え、刀身を背後に隠し、いつでも飛びかかれる姿勢を取った。

まったく動じぬ信政は、じっと菫の目を見据えている。その落ち着きはらった眼差しは、菫を苛立《いらだ》たせるには十分だった。

「次は手加減せぬ」

声を張り上げた菫が一足飛びに間合いを詰め、逆手ににぎる刀を振るって信政の喉を狙った。

篝火の明かりに刃が煌《きら》めいた時、斬ったはずの信政が、菫の前から消えた。

袖を振るって左に回転した信政が見えた菫であるが、それはまるで、残像だった。

追ってそちらを向こうとする前に、菫の背中に、信政の峰打ちがめり込んだ。

臓腑《ぞうふ》が口から出そうなほどの打撃に襲われた菫は、刀を落とし、呻き声をあげる間もなく気絶して倒れた。

信政は太刀を鞘に納め、長い息を吐いて身体から力を抜いた。

横に並んで立った劔が、信政の顔を見て訊く。

「襖の陰に隠れている女をどうする」

信政が襖を見ると、出てきた昌が、恨みに満ちた顔で手裏剣を投げた。

弾き飛ばした劔が座敷に飛び上がると、昌は逃げようとしたのだが、追い付いた劔に後ろ首を打たれ、気を失って倒れた。

仰向けになった昌に、劔がため息をつく。

「悪党に見えぬこの女がもっとも恐ろしいな。いったい何人の男が餌食《えじき》になったのだろうか」

「確かに、まったく疑いもしませんでした」

答えた信政に劔は真顔でうなずき、倒れている悪党どもに険しい目を向けた。

所司代屋敷の庭に並んで座らされている韮一味を見た戸田は、信政と劔に驚きを隠せぬ様子で問う。

「まことに、そなたたち二人だけで韮一味を捕らえたのか」

「はい」

答えた劔に、満足そうな顔でうなずいた戸田は、労いの言葉をかけ、改めて礼をすると告げた。

帰る信政と劔を見送ったあと、戸田は側近に笑みを浮かべて言う。

「二人の名を広めれば、まだ悪事を働いておる盗っ人どもは、京から出ていかぬだろうか」

「まさに、盗っ人の立場になり考えてみますれば、厄介な存在でございましょう」

「よし、すぐに動け。韮一味を一網打尽にした留守番屋として広めよ。さすれば賊どもは警戒し、軽々しく留守宅を狙わぬようになろう」

「妙案にございます」

側近はすぐさま手配し、留守番屋としての劔の名は、武勇伝と共に京中に広まった。

それから一月後、久しぶりに家を訪ねた信政が商売繁盛しているか問うと、劒は苦笑いをした。

「おかげで仕事が増えた。いつもわたしを馬鹿にしていた陶器屋のあるじにも、留守番を頼まれたぞ」

意地悪くからかっていた陶器屋の太った顔を思い出した信政は、笑ってうなずく。

「それはよかったですね」

「よくはない。商売繁盛は一時のことだ」

「何を憂えているのです」

「名が広まれば、真似をする者が大勢出るからだ」

信政は、来る途中に留守番屋の看板をあちこちで見ていたが、

「あれは、わたしではない」

劒に言われて驚いた。

「けっこうな数でしたが」

「京中の口入れ屋がはじめたからだ。向こうは元々浪人を大勢抱えているから、手広くできる。そのおかげでわたしは、前と変わらず贔屓《ひいき》の人から頼まれるだけで、暇になりつつある」

商売は難しい、と肩を落とす劔を見て、信政は内心安堵していた。というのも、父信平から届いた文を携えていたからだ。

「それはよかった」

つい出た言葉に、劔が不機嫌な顔をした。

「何がよいものか」

「ごめんなさい。実は、今日うかがったのは、父から文が届いたからです」

信政は、先に口頭で伝えた。

「父は、剣友であった陽元様の横死を知り、酷く悲しんだようです。会わずとも、忘れたことがなかったと書いています」

劔は、台所にいる母と妹を見て、

「聞きましたか母上、父上は喜んでおられましょう」

そう告げた。

津樹が微笑んでうなずき、信政のために用意した茶菓を持ってきた。

三人揃ったところで、信政は懐から文を出し、劔に差し出した。

「父からです」

信政は、文の横に二十五両の小判の包みを置いた。

驚く劔に、信政は告げる。

「父に、劔殿が道場を開くのを断念したと伝えましたところ、旗本に推したそうですが、残念ながら許されなかったそうです」

劔は真顔でうなずく。

「父上も叶わなかったのだ。驚きはせぬが、この金は、まさか詫びの印なのか」

信政は首を横に振った。

「文を、お読みください」

「うむ」

劔は封を切り、文を取り出した。

目を通すうち、表情にこころの高揚が現れ、信政を見た。

「鷹司松平家に召し抱えたいそうだ」

信政は笑顔でうなずいた。

「受けて、いただけますか」

「願ってもないことだ。母上、ご覧ください」

信平直筆の文を読んだ津樹は、ほろりと涙を流して笑った。

劔は信政に告げる。

「わたしは信平様ではなく、できればお前の、いや、信政様、あなた様の臣下として仕えたい」

信政は照れた。

「お前でいいです」

「今日から家来になるのですから、そうはいきませぬ」

劔は屈託のない笑みを浮かべて、両手をついた。

「信政様、どうか息子を、よしなにお頼み申します」

津樹が頭を下げると、

「お頼み申します」

彩瀬が続いた。

信政は三人に顔を上げさせ、劔に微笑む。

「わたしはまだ帰れませぬから、先に江戸に行き、まずは父に仕えてください。きっとよい返事を待っているはずですから、喜びます」

承諾した劔は、母と妹を連れて江戸に行くことを決意するのだった。

そして旅立ちの日、見送りに来た信政に、旅装束の劔は歩み寄り、両手をつかんで力を込めた。

「一日も早く、江戸に帰ってくだされ」

信政はうなずき、改めて告げる。

「わたしのことは、これまでどおり友と思うてください」

劔は笑顔でうなずいた。

「首を長くして待っているぞ」

「道中、くれぐれも気をつけて」

「うむ」

頭を下げた三人は、江戸に旅立った。

夜が明けたばかりの川端で、信政は、三人の姿が朝霧に包まれるまで見送ると、その足で道謙の家に急ぐのだった。

第四話　美しき三羽烏《さんばがらす》

一

「ようまいった」

鷹司松平信平は、紋付き袴で身なりを整えた有泉劔のあいさつを受け、よい面構えをしていると思い、頰がゆるむ。

善衛門などは、

「若は、人を見るよい目を持っておられる」

信政の文を読んだ時にこう述べていただけあり、平身低頭して口上を述べる劔に、満足そうな顔をしている。

こののち、与えられた長屋の部屋に帰った劔は、待っていた津樹と彩瀬に声を弾ませて告げた。

「母上、わたしはよいあるじに巡り合えました。殿は穏やかなお方ですが、お座りになっていてもまったく隙がなく、狩衣姿はまさに、高貴という言葉がぴたりとはまりまする」

津樹は笑った。

「そなたは旅の道中で、父上の好敵手だったお方ゆえ、大きくて屈強な殿様に違いないと決めつけておりましたが、ずいぶん違ったようですね」

「まったく違います。この屋敷もそうです。信政様は、そう広くはないような口ぶりでしたが、想像していたよりずっと大きく、殿が御公儀でどのようなお立場なのか、よう分かりました」

「将軍家の御縁者ですから」

津樹の言葉に、劔は目を輝かせてうなずく。

「このような御家に仕えることができ、嬉しゅうございます」

津樹は微笑んで頬を濡らし、彩瀬の手をにぎった。

「草葉の陰で、父上も喜んでおられましょう」

「はい」

彩瀬は返事をして、劒に向く。

「兄上、お励みください」

劒は笑った。

「うむ。明日から、殿の小姓としておそばに仕えることになった」

大抜擢《だいばってき》に、津樹は驚いた。

「いきなり、御小姓ですか」

「信政様が、推挙してくれていたのです」

有泉陽元の息子ならばと、信平は快諾していたのだ。


翌朝、信平が身支度をすませて表御殿に出ると、劒は渡り廊下の先で待っていた。

片膝をつき、首を垂れる劒に、信平は微笑んで告げる。

「今日からよしなに頼むぞ」

「はは」

信平は劒を伴い、居間に向かった。すると、五味正三の笑い声が聞こえたので、信平は足を止め、控えて片膝をつく劒に振り向いた。

「これから紹介する者は、麿の友であり、家族のような存在ゆえ、そなたも気を張らず、楽にしておくように」

「かしこまりました」

信平が足を進めて居間に入ると、味噌汁のお椀を片手に、五味がいつものごとく善衛門を相手に他愛のない話をしていた。

笑って大口を開けた顔を信平に向けた五味は、廊下に控えた鈉に興味を持った。

「おお、信平殿、その若者が、若君が見つけたという新しい家来ですか」

「こりゃ五味、人を物のように申すでない」

善衛門に叱られて首をすくめた五味が、汁椀を置いて廊下に出ると、顔をうつむけている鈉を覗き込む。

「なるほど、ご隠居がおっしゃったとおりの面構えをしておるな。おぬし、京で留守番屋をしておったそうだな」

「はい」

鈉が戸惑い気味に答えると、五味はにこりと笑みを浮かべてうなずく。

「それがしは、北町奉行所与力の五味だ。信平殿は町の弱き者を助けるのを生き甲斐にされておるが、聞いているかな」

「信政様から、うかがっておりました」

「それならば話は早い。京で悪党を捕らえたように、信平殿の力になってくれ」

「はい。喜んで」

「いい笑顔だ」

五味は満足そうに言うと、信平の前に来て、懐から紙を出した。

「今朝出たばかりのを、手に入れて来ましたぞ」

「町の位か」

信平は受け取り、目を通した。鷹司町は、五十位中四十位に上がっていた。

佐吉たちの働きにより、町での犯罪は皆無となり、民たちも安寧に暮らしているのが、会堂屋文秋《かいどうやぶんしゅう》の評価となったのだと五味は言う。

だが善衛門は、口をむにむにとやった。

「それでも四十位とは、厳しすぎる！」

「まあまあ」

笑ってなだめた五味は、意味が分からず知りたそうな顔をしている劔に、町の位と鷹司町のことをざっくり話して聞かせた。

俄然《がぜん》興味を持った劔を話に加わらせた信平は、町の位を手渡した。

目を通す劔を横目に、五味が信平に告げる。

「此度、名誉の番付一位になった京橋《きょうばし》近くにある瀬左衛門《せざえもん》町は、代々瀬左衛門が名主をしており、五代目の当主がよく町の者を束ねておりまして、子が生まれれば町ぐるみで母親を助けるなどしているから、移り住みたいという若者があとを絶たないのです。そこのところが文秋の目にとまり、一位になったのでしょう」

善衛門はまた、口をむにむにとやった。

「それならば、殿の鷹司町も負けておらぬではないか。人も増えておるぞ」

五味は、困ったような顔をする。

「それがしに怒られてもねえ。そうだ、信平殿、何が違うのか、一度足を運んで見てみます？」

軽い口調の五味に、劔は怪訝《けげん》そうな顔をしている。

「ふむ、まいろう」

信平が快諾するものだから、劔が目を白黒させ、慌てて両手をつく。

「殿、お供させてください」

信平は微笑んだ。

「そなたには、鷹司町を見てもらおう。鈴蔵、案内をしてやるがよい」

「承知しました」

突然背後でした声に驚く鹸に、善衛門が笑って告げる。

「殿の家来は、よい意味で変わり者が多いゆえ、初めは驚くであろうが、まあ、すぐに慣れる」

「はは」

素直に応じて、鈴蔵と出かける鹸を見送った信平は、案内をするという五味に従い、善衛門と屋敷を出た。

瀬左衛門町は、通りに暮らしに欠かせない商家が並び、買い物客でにぎわっていた。

大通りをひとつ外れた狭い路地に目を向けると、長屋を改装した飯屋に人が並び、店の女が客たちに、道を塞がないよう明るい声で呼びかけている。

また別の店では、紙の袋を手に出てきた女の客たちが、評判の菓子が手に入ったと喜び、会話を弾ませながら帰っていく姿がある。

「活気に満ちて、よい町であるな」

感心する信平に、五味が穏やかな顔を向けて告げる。

「かつてこの町は、気が荒い若者ばかりで喧嘩《けんか》が絶えなかったのですよ」

信平は驚き、改めて通りを見渡した。

「喧嘩とは無縁の様子の者たちばかりで、とても想像がつかぬな」

「今は、すっかり様変わりしましたからね」

笑って言う五味に、善衛門が問う。

「瀬左衛門は、何をどのようにして町を変えたのだ」

「変えたのは瀬左衛門ではなく女房の綾《あや》殿ですよ。影響を与えたのは、文秋の町の位ですな。夫の町が五十位の外で名も出ていないのに驚いたそうで、その原因が、毎日毎日喧嘩ばかりする者たちのせいだと知って腹を立てたのが、町が変わるはじまりだったと聞いています」

善衛門は驚いた。

「ご新造《しんぞ》が何をした」

「綾殿は、日々家の中にいても聞こえてくる喧嘩の声にうんざりしていたそうですが、ある日突然堪忍袋の緒が切れてですな、もう我慢ならないと言って立ち上がり、竹箒《たけぼうき》を持って喧嘩をしている若者たちのところに行ったそうです」

善衛門は感心した。

「なんと勇ましいことよ」

「それがしも、話を聞いた時は驚きました。何せ相手は、奉行所でも手を焼いていた喧嘩好きな若者ですからね」

「何もされなかったのか」

訊く信平に、五味はうなずいた。

「綾殿は頭にかっと血が上っているから、もの凄《すご》い剣幕で叱った。すると意外にも大人しくなったものだから、綾殿はすっかりそれに味をしめて、町中の喧嘩を止めに走ったわけです。で、話をしてみれば、若気の至りというやつだったのか、気がいい連中ばかりで、叱ってくれる綾殿を姐《ねえ》さんと呼び、従うようになったそうです」

「ほほう」

また感心して目を細める善衛門に、五味は続ける。

「綾殿も若者たちの面倒をよくみて、落ち着かないのは伴侶《はんりよ》がいないからだと言って嫁の世話までしているそうですよ」

「たいした肝っ玉だ」

すっかり気に入った様子の善衛門は、綾に会いたいと言った。

「では、行ってみますか」

快諾した五味が案内したのは、大通りを少し北に向かった場所だ。

瀬左衛門の家は、米屋と酒屋に挟まれて軒を並べた間口が広い建物で、表は戸が閉められてひっそりとしていた。

五味が木戸をたたいて声を張った。

「北町の五味だ、おるか？」

「へえい」

中から濁った太い声がして、程なく戸が開いた。

出てきたのは、声に似合わぬ穏やかな表情をした男で、膝に両手を置いて頭を下げたものの、五味の後ろにいる信平を見て瞠目した。

「五味様、後ろのお方はひょっとして、ご友人だと自慢されていた鷹司様ですか」

「そうそう」

軽く返事をする五味に、瀬左衛門は困り顔で言う。

「五味様、それならそうとおっしゃっていただかないと、なんのおもてなしもできません」

「急に来たのは麿ゆえ、気にいたすな」

信平が告げると、瀬左衛門は恐縮して頭を下げた。

「鷹司様にお越しいただけるとは、末代までの喜びでございます。狭い家ですが、どうぞお入りください」

　大喜びで招く瀬左衛門に、五味が言う。

「実はな瀬左衛門、今日来たのは他でもない、町のことだ」

「なんでございましょう」

「町の位で一位になった瀬左衛門町がどのようなところか、信平殿に案内していたのだ」

「ははあ、それはそれは」

「立て役者の綾殿の話をしておるうちに、是非とも本人から話を聞きたいということになり、足を運んだというわけだ」

「さようでございましたか。あいにく今、女房は出ておりまして」

　申しわけなさそうに言う瀬左衛門に、五味が問う。

「遅くなるのか」

　訊けば、今まさに、喧嘩を止めに行っているという。

　そこで信平は告げた。

「では、麿たちも助太刀をいたすとしよう」

　飄々《ひょうひょう》と告げる信平に、瀬左衛門は啞然とした顔をした。

「下々のことに、興味がおありですか」

「言うたではないか、信平殿はそういうお方だ」

五味に言われて思い出した瀬左衛門は、快諾した。

「では、ご案内します」

箒を持って喧嘩を止めたと聞いていた信平は、大きな身体で、男を圧倒する肝っ玉の女を想像していたが、あれが女房ですと言われて目を向けると、はんなりとしていて、色白の美人だった。

しかし前にいる屈強で強面の若い男たちは、綾が何かを告げると、叱られた犬のような表情をしてへこへこしている。

善衛門は、遠巻きにしている物見高い者たちの中に文秋らしき姿を見つけて、五味の腕を引いて小声で告げる。

「扇屋の前に文秋がおる」

「ええ？」

「見るでない。それよりも、文秋がおる時に喧嘩が起きるとは、妙だ。これには裏があるに決まっておる」

「裏とはなんです」

「じゃから、文秋が町に来ておると知り、芝居をして好感を持たせるのが狙いではないのか」

五味は笑った。

「ご隠居は、ひねくれものですね」

「なんじゃと」

「よく見てください。扇屋の前で筆をとっているおなご、あれは文秋ではありませんから」

「何……」

改めて目を向けた善衛門が、あ、と声をあげた。言われてみれば、似ているのは顔の輪郭だけで、目鼻立ちは別人だったからだ。

「目が悪くなられましたな」

年寄り扱いされて、善衛門は肩を落とした。

「それを申すな。今日は調子が悪いだけじゃ」

不機嫌になりつつ、善衛門は信平のそばに行った。

信平は助太刀をすることなく、町の衆にまじって成り行きを見ている。

その横で、若者たちと接する綾の様子を見ているうちに、善衛門はすっかり気に入

ったらしく、

「磊落《らいらく》な人物であるな」

と瀬左衛門に言う。

すると瀬左衛門は、謙遜したような態度で告げる。

「我が町で喧嘩が減ったのは、綾が剣術道場を誘致してくれたのが大きいのでございますよ」

瀬左衛門が言うには、綾は喧嘩っ早くて血気盛んな若者の有り余った力を別の場所で発散させるために思案し、汗を流して精神も鍛えるには、剣術道場がよいのではないかと考えるようになったという。

今まさに、綾は若者たちに剣術道場へ行くようすすめているのだった。

それを見ていた瀬左衛門が、何かに気付いて信平に告げた。

「噂をすれば影がさしました」

手で示す先に、侍女を伴った武家の女が歩いていた。

「みほ殿」

瀬左衛門が声をかけると、立ち止まったみほは明るい笑みを浮かべ、お辞儀をした。

先に頭を下げていた瀬左衛門が、信平に告げる。

それによるとみほは、岩沼藩《いわぬまはん》の重臣、大槻左衛門尉《おおつきさえもんのじょう》の妻で、藩士でありながら道場を主宰するのが、左衛門尉だという。

瀬左衛門町は岩沼藩の抱え屋敷であり、町で喧嘩が絶えないのを気に病んでいた綾が、剣聖といわれる左衛門尉に道場を開いてもらえないだろうかと、友人のみほに頼んだのがはじまりだった。

左衛門尉は、町の荒くれ者を道場に誘い、剣の修行で精神を鍛えると同時に、これと見込んだ者には仕事を紹介し、嫁の世話までしていたのだ。

話を聞いて、善衛門は唸《うな》った。

「なるほど、そういうわけであったか」

師範の薫陶の賜《たまもの》だと納得した善衛門は、みほに願う。

「是非とも、左衛門尉殿と話をさせていただけぬか」

みほは善衛門の声が届かぬ様子で、信平に目を向けている。

「ひょっとして、信平様ではございませぬか」

信平がうなずくと、みほは侍女と手を取り合って喜んだ。

「夫から噂を聞いておりました。このようなところでお目にかかれて、嬉しゅうございます」

善衛門がここぞとばかりに声をかける。

「では、今から会えるか」

するとみほは、神妙に頭を下げた。

「申しわけありませぬ。今は都合が悪うございます」

そこへ、若者を帰らせた綾が気付いて駆け寄ってきた。

共にいる信平に不思議そうな顔をする綾に、瀬左衛門が告げる。

「綾、こちらは鷹司松平信平様だ」

「ええ！」

瞠目して一歩下がった綾が、頭を下げ、みほの腕をつかんだ。

「本物？」

小声で確かめる綾に、みほは真顔でうなずく。

ちらりと信平を見た綾が、また下がる。

「想像していたよりも、いい男」

小声が聞こえた善衛門が、咳ばらいをして告げる。

「ではみほ殿、日を改めるゆえ、左衛門尉殿に伝えていただきたい」

なんのことかと綾に袖を引かれたみほは、信平たちに理解を求めるように告げた。

それは、お広《ひろ》という友のことだった。

道場で世話になっているお広が足を怪我したとの知らせがあり、様子を見に行くところだという。左衛門尉はここから離れている藩邸にいるため、今から引き返すのは都合が悪かったのだ。

そうと聞いて、善衛門は声をかけた。

「足を止めさせてすまなかった」

「いえ」

恐縮するみほを見て、五味が信平に言う。

「どうです？　我々も道場に行ってみますか」

「ふむ、それもよいな」

みほが明るい顔をした。

「では、ご案内します」

瀬左衛門と綾も心配し、皆で道場に行くことになったのだが、そこへ、お初が来た。

「殿」

声に応じて振り向く信平に、お初は歩み寄って告げる。

「すぐにお戻りください。城からの使者がお待ちです」

うなずいた信平は、善衛門と五味に向く。

「麿は先に帰るゆえ、あとで話を聞かせてくれ」

「はいはい」

返事をした五味は、お初に笑みを浮かべた。

善衛門は共に帰ろうとしたが、信平は道場を見せてもらうよう告げて、瀬左衛門たちの見送りを受けてお初と帰った。

涼しげな色合いの狩衣を着け、颯爽《さっそう》と町を歩く信平の後ろ姿を見ていた綾とみほが、顔を見合わせて微笑んでいる。

そんな二人を見た善衛門は、自慢の殿だと言わんばかりに満足そうな顔をして、道場への案内を促した。

二

お広は足ではなく右腕を打撲しただけで、幸い骨にも異常はなく軽傷だった。

みほだけでなく、綾夫婦と、善衛門たちまで来たことに驚いたお広は、知らせた門人が大袈裟なのだと言って、深々と頭を下げた。

「申しわけありませんねぇ、もう、こんなかすり傷で大騒ぎして、恥ずかしい」

住み込みの師範代たちのために、お広は食事を作りに通っている。近所の料理屋の娘なのだが、剣術が好きで、料理を作る代わりに、師範代から手ほどきを受けているのだ。

その腕前は、他の門人に劣らぬのだと瀬左衛門から聞いた善衛門は、お広に目を細めて告げる。

「細い身体で大の男とやり合って勝るとは、よほど剣の才があるようじゃな」

するとお広が恐縮した。

「わたしなど、みほ様には敵いません」

「ほう、みほ殿も剣術をされるのか」

お広がうなずいて続ける。

「何しろ、一刀流《いっとうりゅう》の免許皆伝にございますから」

「ほほう。さすがは左衛門尉殿の妻だけのことはある」

善衛門はふと思った様子で、綾を見る。

「ひょっとして、そなたも剣術ができるのか」

綾は微笑み、

「少しばかり」

謙遜した様子で答えた。

門人たちが稽古を続ける声がする中、善衛門と五味は奥の客間に通された。

綾が茶を淹《い》れてくれたので、二人は遠慮なくいただきながら、道場と町の関わりを聞き、逆に、綾たちから信平のことを知りたいと言われて、五味は得意になって話に花を咲かせた。

気が利くみほは、五味たちの湯呑み茶碗が空になっているのを見て立ち上がったが、善衛門が止めた。

「お構いなく。それより、稽古を見せてもらおうかの」

みほが案内すると言うので、五味も立ち上がり、二人であとに続いた。

先に立って廊下を歩いていたみほは、道場の武者窓から稽古を見ている若者に気付いて立ち止まり、遠目に見ていたが、五味たちに振り向いた。

「おそれいります、あの者と話がありますから、どうぞお先に」

道場のほうを示すみほの焦った様子に触れた善衛門と五味は、何も言わず応じて廊下を進んだ。

見送ったみほは廊下の端に立ち、声をかける。

「和之介《かずのすけ》殿」

和之介は驚いたようだが、庭を進んで近づき、きちんと頭を下げて問う。

「先生は、今日はお出ましになられぬのですか」

みほは微笑んで答える。

「御役目のため屋敷におります。道場に戻る気になったの」

すると和之介は首を横に振った。

「道場を飛び出して二年のあいだに諸国行脚《あんぎゃ》をし、我が剣法を編み出しました。出なおします」

そう告げると、みほが止めるのも聞かずに立ち去ってしまった。

その様子を、五味が見ていた。

五味は、いつになく険しい顔を善衛門に向けて言う。

「あの者の人相を見ましたか。よくありませぬぞ」

善衛門はうなずく。

「殿と共に数多の剣客を見てまいったが、おぬしが言うとおりじゃ。何か、悪い予感がする」

そこで五味は、廊下を戻ってみほに声をかけた。

「今のは、誰ですか」

努めて明るく訊いた五味に向いたみほは、答えるか否か逡巡したようだったが、相手は信平の家来と町奉行所の与力だけに、答えぬわけにはいかないと思ったのだろう、

「話せば長くなります」

こう述べて、すぐ横の八畳間に座るよう促した。

聞けば、浪人の息子である砂子《すなご》和之介は、瀬左衛門町の長屋で生まれ育った若者で、七歳の時に、普請場で働いていた父親が屋根から落ちて亡くなり、母親はその二年後に病没してしまい、天涯孤独の身だという。

以来、和之介は両親が残した僅かな金で暮らしていた。自分でもしじみを売ったりしてたくましく成長したのはよかったのだが、何をしようが止める家族がおらぬため、町で若者と徒党を組んで悪さをするようになった。食うために人の物を盗《と》ることもあり、幾度か自身番の世話になっては目こぼしをしてもらって舞い戻り、また悪さをする日々が続いていた。

その境遇を哀れんでいた瀬左衛門は、和之介を心配していた。成長して力が増すにつれて行動が粗暴になり、いつか、人を殺めてしまうのではないかと案じていたのだ。

だが十六歳の夏に、瀬左衛門の憂いは現実のものとなった。

仲間がやくざ者に金を巻き上げられたと知り、取り返しに行って大喧嘩になり、相手を半殺しにして町奉行所に捕らえられたのだ。

知らせを受けた瀬左衛門は、南町奉行所に和之介を引き取りに行き、相手がやくざ者で、喧嘩の理由も考慮され、瀬左衛門が面倒をみる約束のもとお叱りだけですんだ。

和之介が酷く殴られて顔を腫らしていたことも、お目こぼしの理由になったといえよう。

その帰り道に、和之介は悔しがって泣いた。やくざ者を殺しておけばよかったと叫ぶ姿を見た瀬左衛門は、このままでは、次はほんとうに人を殺してしまうと思い、襟首をつかんで道場へ連れて行き、無理やり入門をさせたのだ。

そこまで聞いた善衛門が、瀬左衛門の苦労を知って嘆息した。そして、みほに問う。

「和之介は、よう言うことを聞いて入門を受け入れたな」

みほは穏やかな顔でうなずいて続ける。

「元は浪人の息子ですから、夫は剣の筋がよいのを見抜き、特に目をかけて鍛えたのです」

「打てば響いたのか」

「はい。和之介殿は夫を慕い、薫陶を胸に修行を重ねたことで、人が違ったように好青年になってゆきました」

懐かしそうに語っていたみほが、ふいに表情を曇らせた。

見逃さぬ五味が、すかさず問う。

「何かあったのですか」

みほは五味を見て、気分が晴れぬ面持ちで告げる。

「一心に剣の腕を磨くことに生きる道を見つけ、目をきらきらと輝かせていた和之介殿を、悪友が許さなかったのです。特に頭目の千波《せんば》彦《ひこ》四郎《しろう》という御家人が、金をよく集めていた和之介殿を引きずり戻すために、道場への嫌がらせをはじめました」

善衛門が渋い顔をして口を開く。

「道場主の左衛門尉殿が、陪臣《ばいしん》と知っての狼藉《ろうぜき》か」

みほは当時を思い出したらしく、辛そうに目を閉じてうなずいた。

「夫は、将軍家直参の千波殿とのいざこざを嫌い、和之介殿を破門にしろと迫られ、木刀で打ちのめされても決して抗わず、ただただ、嵐が過ぎるのを待つように耐えておりました」

「それで、どうなったのです」

問う五味に、みほは答えに迷う様子でうつむいた。

「女房たちが、黙っていなかったのです」

そう言って廊下から入ってきたのは、綾とお広を連れた瀬左衛門だ。

綾とお広が、善衛門と五味に対し、しおらしい態度でみほと並んで座るのを横目に、瀬左衛門は改めて語りはじめた。

「剣の腕に覚えがあるこの三人は、決して相手にしてはならぬと命じられていた道場の門人たちが、無頼者どもにいいように痛めつけられるのを見かねて、木刀を持って撃退したのです。しかも相手は、十五人おりました」

「なんと」

驚く善衛門と五味に見られて、三人のおなごは恥ずかしそうにうつむいている。

「お前様、もうおよしになって」

綾が止めたが、瀬左衛門は饒舌《じょうぜつ》になった。

その時千波はいなかったものの、十五人のならず者をたった三人のおなごが撃退したのだから、評判にならないわけはない。

武勇伝はその日のうちに町中に広がり、千波に搾取されていた者たちからは、溜飲《りゅういん》が下がったと喜ばれた。その話題は隣町にも広がり、やはり千波に恨みを持っていた商家の者たちが大喜びして話が大きくなってゆき、綾とみほとお広は三羽烏と言われて人気者になり、道場に入門を願う者が増えたという。

善衛門は膝を打ち鳴らして、三人のおなごを称賛した。

「文秋が飛び付きそうな話だ。町の位が一位になるのも、納得じゃ」

「と、ここまではまさに、芝居にもなりそうな展開でしたが、先がようないのです」

先ほどとは打って変わって口が重くなる瀬左衛門に、五味が問う。

「みほ殿の気が晴れぬ様子の理由ですか」

与力の鋭い眼力に、瀬左衛門はうなずく。

「お話しするぞ」

三人の承諾を得てから、瀬左衛門は語った。

「道場に平穏が戻り、和之介も稽古に励んでいたのですが、千波が黙っておりませんでした。三人が三羽烏と称されて人気者になるのを恨んだ一味は、一人になったところを襲ったのです」

初めに狙われたのがお広だった。

お広は果敢に戦ったものの、三人がかりで取り押さえられ、右腕をつかまれて身動きできぬところに千波が木刀を打ち下ろし、骨を折る大怪我をさせられたのだ。

話を聞いて驚いた善衛門が、みほに言う。

「怪我をしたと焦っておったのは、このことがあったからだったのだな」

うなずくみほに、五味が厳しい顔で問う。

「千波との争いがまだ続いているのですか」

「いえ……」

戸惑うみほに代わって、瀬左衛門が告げる。

「お広さんが大怪我をさせられたことに腹を立てたみほ殿と女房が、二人で仕返しに行こうとしたのです。それを止めた和之介が、己でけじめをつけると言い、千波家に行ったのですが、そのまま姿を消しました。あとになって見た者から聞いたのですが、和之介は堀端で千波に土下座をして、戻るからもうやめてくれと言っていたそうです」

善衛門が問う。

「それを聞いて、放っておいたのか」

瀬左衛門は首を横に振った。

「左衛門尉様と二人で会いに行ったのですが、和之介は、道場などつまらぬ、と叫んで逃げました。それでも左衛門尉様はあきらめず捜されたのですが、和之介が消えて間もなく、千波彦四郎も出奔し、江戸から姿を消しました」

公儀は当初、討《う》っ手《て》を向けたはずだが、その後どうなったかわからないという。

善衛門は、渋い顔をして腕を組んだ。

五味が口を開く。

「その和之介が姿を現したということは、千波一味も江戸に戻っていると考えられますな」

みほは心配そうに言う。

「和之介殿は、夫に何か言いたかったのではないでしょうか。そのように思えましたから、心配です」

善衛門が腕組みを解いて告げる。

「千波が、また何か仕掛けてこようとしておるのかもしれぬ」

「それがしも、そう思います」

五味が賛同すると、瀬左衛門とみほたちが不安の色を浮かべた。

善衛門は立ち上がった。

「一度戻って殿に話してみよう。そなたたちは、くれぐれも油断せぬようにいたせ」

頭を下げる瀬左衛門たちに、五味が言う。

「奉行所の見回りを増やしましょう」

「頼むぞ」

善衛門はそう言うと、信平の屋敷に帰った。

三

「というわけでございましたぞ。なかなかに、けしからぬ者がおるようです」

戻った善衛門から話を聞いた信平は、お初と顔を見合わせた。

それを見て、善衛門は察したようだ。

「殿、ご存じでしたか」

信平は善衛門に向いて答える。

「まさに先ほど、城からの使者により、千波彦四郎を成敗するよう命じられたばかりじゃ」

善衛門は驚いた。

「偶然でございましょうが、何ゆえ殿にお命じになられます」

「ふむ……」

不服そうな善衛門に、お初が告げる。

「御公儀は千波彦四郎が出奔した当初、潜伏しそうな関八州と上方に討っ手を向けたそうですが、それを読んでいた千波は、裏をかいて奥州街道を逃げていたのです」

善衛門は驚いた。

「北のどこにおったのだ」

「千波は一味と徒党を組んで悪の限りを尽くし、東北諸藩の領主を困らせていたようです。被害を受けた大名から、出奔した御家人ならば、御公儀が討ち取るべきだと訴えがあり、遅ればせながら、御老中の名の下に討伐組を向けられました」

善衛門は怪訝そうな顔をした。

「しくじったのか」

お初は真顔でうなずく。

「千波は、将軍家の指南役候補に名が挙がるほど達人らしく、また、一味の者にも遣い手が揃っているそうで、これまでに、御公儀の中でも名うての遣い手が倒されたそうです」

その数二十人と聞いて、善衛門は険しい表情でうなずいたものの、解せぬと言って続ける。

「いかに遣い手といえども、大名も大勢の遣い手を召し抱えておるはずではないか」

信平が答えた。

「大名たちは、千波を御公儀の隠密《おんみつ》と疑い、悪行の数々は、御家を潰すための挑発だと取っておるようじゃ」

「なんですと！」

呆れる善衛門に、信平は言う。

「これは麿の想像にすぎぬが、千波は、あえて元御家人であると触れ回っておるのかもしれぬ。御使者の話では、外様《とざま》の中には、御公儀に対し慎重に構える者がおるゆえ、千波を隠密と決めつけて、捕らえるどころか、賂《まいない》を渡している者もいるそうだ」

善衛門は、不機嫌な顔で口をむにむにとやった。

「手に負えぬとなると、いつも殿を頼られるのもどうかと思いますぞ」

信平は真顔で答える。

「千波は悪知恵が働く者ゆえ、大勢の討っ手を嘲笑うかのごとく、ふたたび御公儀の裏をかいて江戸に戻っておるのだ。それゆえ、上様は磨に命《めい》をくだされた」

「居場所は言われましたか」

「そこまではつかめていないそうだ」

「御公儀は、殿一人に捜せとお命じですか」

「いや、先手組《さきてぐみ》も動く。だが、善衛門の話を聞くに、我らが先に見つけられる気がする。まずは、千波に従っているはずの和之介が、どうして道場に現れたのか。そこを探れば、千波に行き着くのではないか」

「それがしも、そのように思えてきました」

「では善衛門、左衛門尉殿から話を聞きたい。大槻道場で会えるよう手配を頼む」

「心得ました」

善衛門はただちに動いた。

その日のうちに了承を得た信平は、翌日の昼前に鈴蔵を連れて屋敷を発ち、大槻道場へ足を運んだ。

三羽烏が見守る中、道場の奥にある客間で信平と向き合った左衛門尉は、うやうやしく頭を下げて初対面の口上を述べ、意志が強そうな眼差しをし告げた。

「葉山殿からおたずねがありました和之介の件で、昨日妻とも話したのでございますが、ここに顔を出した理由は、江戸に戻り、ただ懐かしくて立ち寄ったのではないかと思うております」

「他意はないと」

「はい」

左衛門尉の表情から、何かを隠しているようには思えぬ信平は、話を切り出した。

「麿は、御公儀の命により千波彦四郎を討たねばならぬ。以前関わりがあったようじゃが、かの者が立ち寄りそうな場所をご存じならば、お教え願いたい」

「あの悪党でございますか」

左衛門尉は、苦悶に眉をひそめ、唇を嚙みしめて考える顔をした。そして、程なく答える。

「和之介を取り戻そうとしていた時には、千波一味が潜伏していると思われる場所を捜し歩きましたが、とうとう見つけられなかったのでございます」

信平は問う。

「千波の屋敷が今どうなっているか、ご存じか」

「確か、取り壊されて旗本の屋敷に組み込まれたはずです」

それでは、近寄りはすまい。

そう思った信平は、どう糸口を探すか考えた。

「やはり、和之介がふたたび来るのを待つべきか。どう思われる」

左衛門尉だけでなく、居並ぶみほたちにも答えを求める信平に、お広が応じた。

「信平様がおっしゃるように、悪行を重ねる一味と一緒なら、和之介殿はおそらく、左衛門尉様に助けを求めようとされたのではないでしょうか」

「どうしてそう思われる」

問う信平に、お広は神妙な面持ちで答える。

「和之介殿は、元は悪い人ではないからです」

左衛門尉がお広の口を制した。

「心底は、そなたが思うておるのとは違う。和之介は、剣が上達するにつれてこころが落ち着いていったが、根は悪なのだ。その証に、千波と縁を切る気がない」

みほが異を唱えた。

「それは、わたくしたちを千波から守るために……」

「あの時は、そのような話になった。だが今になって考えてみれば、その認識は間違っていたかもしれぬ」

「お前様……」

「まあ聞け。和之介は、我らから離れたかったのではないか。厳しい稽古などせずに、千波と好きなように生きる道を自ら選んだ。そう思えてならぬのだ」

みほは辛そうな顔をしてうつむいた。

綾とお広は何も言わず、気落ちするみほに手を差し伸べて背中をさすってやり、心配している。

左衛門尉は口では悪く言っているが、みほたちと同じく、和之介を案じているようだと思った信平は、口先まで出かかっていた、千波と徒党を組んでいれば討たねばならぬという言葉を、今は胸に秘めることにした。

「もしここに和之介が来た時は、留め置いたまま、知らせてもらいたい」

信平がそう言うと、左衛門尉が両手をついた。

「それがしが、千波の居場所を訊き出します」

必ず、と言って頭を下げる左衛門尉に、信平はうなずいた。

「では、よしなに頼む」

探索をはじめるべく信平が辞そうとした時、道場がにわかに騒がしくなり、剣術の稽古をしていた門人たちの怒号が聞こえてきた。

それが切迫した声に変わった時、千波一味が攻めてきたと思った信平は、狐丸を片手に廊下を走った。

道場へ行ってみると、一人の若者が木刀を片手に中央に立ち、倒れて呻いている門人たちを見下ろしていた。

打たれた腕や胸を押さえ、痛みに苦しむ門人たちは五人、立っている六名の門人は、若者を囲み、今にも襲いかかろうとしている。

斬り合いではないため、信平は手を出さず見ていた。

「やめい！」

信平の後ろで声を張り上げた左衛門尉が道場に足を踏み入れると、門人たちは木刀を引いて若者から離れた。

左衛門尉が歩みを進めて若者の前に立ち、厳しく言葉をかける。

「和之介、貴様、これはまるで道場破りではないか。潰しに来たのならば、わしが相手になる」

すると和之介は木刀を引いて片膝をつき、頭を下げた。

「久しぶりに江戸に戻りましたので、剣技に優れた者を探したくまいりました」

「戯言《たわごと》は聞きとうない。お前が誰とおり、他国の領地で何をしていたか耳に入ってお るぞ。ここに来たからにはただでは帰さぬ。今すぐ、千波一味の居場所を教えろ」

和之介は、左衛門尉に顔を上げた。

「わたしを倒す者がおれば、お教えしましょう」

挑発するような笑みさえ浮かべる和之介を、左衛門尉は険しい顔で見据える。

「わしの木刀をこれへ」

門人が見所《けんじょ》から持ってきたのを受け取った左衛門尉は、皆を下がらせ、和之介と正眼に構えて向き合った。

「いつでもまいれ」

左衛門尉が言い終えてすぐ、和之介は木刀を振り上げて迫った。

袈裟斬りの打ち込みは鋭く、受けた左衛門尉の木刀と重く鈍い音を立てる。

打ち抜け、すれ違った和之介に向いた左衛門尉が、

「隙あり!」

声を発して木刀を鋭く打ち下ろした。

その一撃を、和之介は振り向きざまに打ち払い、左衛門尉の喉元で切っ先をぴたりと止めて見せた。

これまでの流れは、ほんの一瞬の出来事だ。

目を見張る左衛門尉に、和之介は力を抜いて木刀を下ろした。

負けたことに動揺する左衛門尉を見て、みほが前に出る。

「わたくしが相手をします」

「わたしも」

続けて声をあげた綾とお広に、和之介は微笑む。

「いいでしょう。三羽烏ですから、三人でかかってきてください」

みほが厳しい顔で告げる。

「甘く見ると、痛い目に遭いますよ」

三羽烏は藤色の揃いの袴を穿いて襷を掛け、木刀を手に和之介と向き合った。

みほが正面を取り、綾とお広が左右に分かれ、木刀を正眼に構える。

木刀を右手に下げた和之介は、一見すると棒立ちなのだが、まったく隙がない。

その凄まじい剣気に、三羽烏は一歩も動けぬ様子で、額に汗を浮かべている。

「やあ！」

綾が気合を発して、右から迫り鋭い突きを繰り出した。

これに応じて和之介が木刀で打ち払うと、お広が背後から迫り、袈裟斬りに打ち下ろした。

和之介は、まるで見えているかのように一撃を左にかわし、木刀を振り上げて打ち下ろそうとしていたみほに切っ先を向け、出端《でばな》をくじいた。

そこへ、綾が打ち込む。

「えい！」

木刀が肩を打つかに思えた。だが、和之介は流れるような動きで空振りをさせるやいなや、手加減をせず綾の右肩を打った。

呻いて下がる綾を一瞥《いちべつ》した和之介は、左から打ちかかってきたお広の木刀を受け流し、鋭く刀身を転じてお広の腰を打った。

呻いてのけ反るお広の手から木刀をたたき落とした和之介は、その隙を突いて木刀を打ち下ろしたみほの攻撃を右に転がってかわした。

みほは追い、和之介が立ち上がるところを狙って木刀を打ち下ろそうとした。だが和之介は、しゃがんだ姿勢から高く飛び上がり、軽々とみほの頭上を越えて背後を取ると、慌てて振り向いたみほの腹を突く寸前で止めた。

目を見張るみほに微笑んだ和之介は、切っ先を軽く当てて押した。

道場の看板ともいえる三羽烏が相手をしても、まったく歯が立たぬほど、和之介の剣技は優れている。

「どうやらこの道場には、わたしに勝る者はいないようです」

そう言った和之介を見ていた信平は、笑みの奥に落胆を隠しているようにしか思えず、声をかけた。

「千波を倒す者を探しているのか」

和之介は、狩衣を纏った信平をいぶかしげに見てきた。

「武家ではない者に用はない」

無愛想に告げて帰ろうとする和之介の前に、みほが立ちはだかった。

「無礼を詫びなさい。このお方は……」

「みほ殿」

身分を明かそうとするみほを、信平は止めた。

思い止まったみほが、和之介を見て言う。

「千波のところへ戻るのを、ほんとうは止めてほしくてここに来たのではないですか」

和之介は真顔で首を横に振り、左衛門尉に告げる。

「わたしに勝てる者がいない道場など、今すぐ看板を下ろしてください。皆さんも、二度とここには近づかないほうがいい」

門人の一人が、耐えかねた様子で詰め寄った。

「おぬしは、この道場で剣の道に入ったのであろう。何ゆえこうまで侮辱する」

「このままでは、道場が危ないからです」

目を見ず答えた和之介に、みほが驚く。

「和之介殿、それはどういう意味ですか」

みほたち三羽烏は、心配そうな顔をしている。

左衛門尉が続いてわけを問うも、和之介は目を伏せて答えようとしない。

そこで、信平が口を開いた。

「剣客が徒党を組み、道場を襲って看板を奪い、返還と引き換えに多額の金を要求する」

左衛門尉とみほたちが、信平を見た。

信平は、和之介を見て続ける。

「従わなければ、大勢の目がある前で看板をたたき割り、道場の名を汚すのであろう」

「それはまことですか」

信平はみほにうなずいて告げる。

「本来なら、町道場のことゆえ御公儀は捨て置くところだが、先日、将軍家の指南役が襲撃され、髷《まげ》を取られた事件があった。それが、出奔した千波の仕業であったゆえ、麿は速やかに成敗するよう命じられたのだ」

みほが驚き、和之介に歩み寄って問う。

「まさか、その場にいたのですか」

和之介は顔をそらした。

「とにかく、道場の看板を下ろして去ってください」

「待ちなさい。千波の居場所を言って」

足を止めて振り向いた和之介は、厳しい顔で告げる。

「それができぬから、逃げろと言うているのです」

「仕返しを恐れているのなら心配しないで。こちらの信平様が必ず成敗してくださいますから、言いなさい」

和之介は信平を見た。

「信平……、あの信平か」

「無礼者」

叱るみほに顔を向けた和之介は、信平に目を戻すと油断なく下がり、きびすを返して戸口に向かった。

「和之介殿、千波の居場所を教えなさい！」

「わたしは告げ口などしませぬ。とにかく逃げてください」

みほの言うことを聞かぬ和之介は、道場から足早に出ていってしまった。

表の戸口に出た信平は、去ってゆく和之介の後ろ姿を見ていた。みほが出てきて、信平に頭を下げた。

「昔から、仲間を売るのは卑怯者《ひきょうもの》がすることだと申してお役人を困らせる子でしたから、お許しください」

「そういう面構えをしている」

信平がそう言って微笑むと、みほは不安そうに問う。

「和之介殿も、お討ちになるのですか」

「それはまだ分からぬ。だが、悪事に加担しておれば、麿が見逃しても御公儀が許すまい」

みほと綾とお広は、信平の厳しい言葉を受けて、和之介が去った門を心配そうに見た。

信平は、左衛門尉とみほたちに告げた。

「和之介は、皆を心配してまいったようだ。その気持ちを汲《く》んでやり、この件が落着するまで道場を閉めてはどうか」

左衛門尉は、みほたち三人と顔を見合わせて、信平に頭を下げた。

「道場は閉めませぬ。和之介が申したとおり千波の一味が来れば、我らが必ず、討ち取ってみせまする」

「しかし……」

「先ほどは、和之介の真意を探るべく手抜きをしたのです。次は、本気を出しましょう」

そう言って微笑む左衛門尉の意志は固そうだ。

三羽烏といわれる女たちも、よい顔つきになっている。

信平は四人の意志を尊重して、引き下がった。

四

この日、千波彦四郎は、手下どもを連れて牛込台に上がり、剣術道場の門前に立った。

稽古に励む門人たちのかけ声と、木刀で打ち合う音が聞こえてくる中、千波は手下に顔を向け、不敵な笑みを浮かべてうなずいた。

「佐次《さじ》、やれ」

勇ましい顔つきで応じたのは、口と顎《あご》に髭《ひげ》を蓄えた大柄の男だ。

趣味の悪い派手な絵柄の着物に荒縄を締め、長刀を差した佐次は、一刀流田崎《たさき》道場の看板を外して脇に抱え、門扉が開けられたままの門へ足を踏み入れ、稽古が続く建物へ向かった。

百余人を抱える人気の道場を主宰するのは、田崎一鉄《いってつ》という剣客で、公儀の使命を果たすべく、陸奥国《むつのくに》の宿場町で千波を討ち取らんとした者だ。

右手を失いながらも逃げ帰った田崎一鉄が、師範代を鍛えなおして己を討とうとしていると知った千波は、先手を打つべくやってきたのだ。

手下の一人が声をかける。

「おかしら、この大事な時に、和之介はどこに行ったのでしょうか」

「放っておけ、行くぞ」

千波は、先頭を切って乗り込んだ佐次に続いて道場に土足で上がった。

憎き千波を討つべく、選《え》りすぐりの十人に鬼の形相で指導をしていた田崎は、突然の襲撃に酷く狼狽《ろうばい》し、悲鳴じみた声を門人たちにかけた。

「千波一味だ！　者ども斬れ！　一人も生かして帰すな！」

慌てふためいて己の刀を取りに行く門人たちに向かって、佐次が看板を投げた。

厚みがある一枚板の重い看板が背中に直撃した門人は、のけ反って苦しみ、悶絶した。

「おのれ！」

怒りの声を発した門人たちが抜刀し、佐次に迫る。

佐次は長刀を抜き、軽々と振るって門人の刀を弾き飛ばした。

その剛剣に、残る八人は息を吞み、斬りかかるのをやめて下がった。

千波が田崎に鋭い目を向ける。

「右腕の仇《かたき》と憎んでおるようだが、大人しくせぬなら、もっとも苦しい目に遭わせてやろう」

「おのれ！」

いきなり背後からした黄色い声に、千波は驚きもせず、打ち下ろされた刀をかわした。

千波が狙っていたのは田崎ではなく、長い髪をひとつに束ねたこの女剣士だ。

白い胴着に黒の袴を着けた女に、田崎が焦って叫ぶ。

「梅乃《うめの》！　逃げろ！」

だが遅かった。

空振りした梅乃が、ふたたび千波に斬りかかったのだ。

抜刀術をもって、刀を両手から弾き飛ばされた梅乃は、はっとして下がろうとした。だが、千波に喉を鷲《わし》づかみにされ、苦しみのあまり声も出せず、もがいて腕を外そうとするも、絞める力が増していき、とうとう気を失った。

その梅乃を肩に担いだ千波に、田崎は片手をついて首を垂れた。

「頼む、娘には手を出さないでくれ」

門人たちも刀を置き、梅乃のために頭を下げて懇願した。

千波は片笑んで告げる。

「頭など下げず、力で奪い返したらどうだ」

佐次が続く。

「おい、腰抜けの門人どもに言うておくが、おかしらは変わったお人だ。敵の女を我がものにするのが何よりも好きだからな、このままでは、嫁に行けぬようにされるぞ」

「くそ」

悔しがりながらも、立ち上がる者はいない。

「どうした！　かかってこい！」

佐次の大声に、一人の門人が立ち上がった。

「殺してやる！」

叫んで斬りかかった門人だったが、佐次が振るった長刀に足を切断され、激痛と絶望の苦しみに叫びながらのたうち回った。

門人たちが助けに行くのを見た千波は、佐次を下がらせ、梅乃を渡した。

「連れて行け」

佐次はにたりと笑って応じ、梅乃を担いで去った。

「待て！」

叫んで追おうとする田崎を峰打ちに倒した千波は、痛みに呻いている眼前に切っ先を向けて告げる。

「娘の命を助けたければ、明日の朝までに、二百両を用意しておけ。手下に取りに来させる」

田崎は苦しそうに、声を発する。

「か、必ず言うとおりにしますから、今すぐ、娘を返してくだされ」

「門人を使ってでもわしを殺そうとしたお前の言うことなど、信用できぬ」

「お待ちを！」

袴をつかまれた千波は舌打ちをして、田崎の額を鞘の鐺《こじり》で打ち、気絶させた。

何もできぬ門人に、千波は告げる。

「金を取りに来た手下に何かあれば、娘の命はないものと思え」

「必ず、先生に申し伝えます」

意気消沈して答えた門人に笑いながら、千波は手下を従えて道場を去った。

五

大槻道場から鈴蔵が付いているのを気付かない和之介は、町で暇を潰し、夜になって戻った。

千波の隠れ家は、市《いち》ヶ谷《や》の薬王寺《やくおうじ》前の通りから入った、ひっそりとした場所にある一軒家で、千波が御家人の時から、公儀に届けず使っていたものだ。

皆がいる表の広間に行くと、見知らぬ女が、肌もあらわに横たわっていた。考えることをやめてしまった顔を、和之介はこれまで何度も見てきただけに、女の身に何が起きたのか想像できた。

和之介が近づいても、女の虚ろな眼差しは、一点を見つめたまま動かない。

そばで酒を飲んでいた手下に問う。

「死んでいるのか」

すると手下は、女の乳房を鷲づかみにして、和之介に見せつけた。

「生きているさ。だが、皆にさんざん遊ばれて正気を失っておる」

「まだ子供ではないか」

「十七だそうだ。誰の娘だと思う」

思い当たる和之介は、目を見張った。

「まさか、田崎の娘か」

「ご明察」

「馬鹿な、田崎のところへ行くのは、大槻道場のあとのはずではなかったのか」

「田崎に年頃の娘がいると知って、おかしらの気が変わったのさ」

むごいことをする、と言いかけて、和之介は言葉を呑み込んだ。廊下で足音がしたからだ。

振り向いた和之介は、千波に片膝をついて迎えた。

横目に見つつ、広間に入った千波は、和之介の目の前で梅乃の身を起こし、着物をすべて剝ぎ取った。

「見ろ、いい身体をしておろう」

梅乃はなんの抵抗もせず、口からよだれを垂らした。

和之介は東北の町にいた頃も、無垢《むく》な娘をなぶりものにする千波と佐次の、畜生にも劣る姿を見せられているだけに、目を覆いたくなる気分になった。

素《す》っ裸《ぱだか》にされても表情を変えぬ梅乃の頰をたたいた千波が、腕に抱いて、和之介に鋭い目を向けてきた。

「お前、今までどこにいた」

和之介は目を伏せて答える。

「今日田崎のところへ行くのを知らず、久しぶりの江戸ですから、親の墓参りをしてまいりました」

「そうか」

信じた様子に、ほっと胸をなで下ろした和之介だったが、背後に気配が沸き立ったと思ったら、振り返る間もなく背中を棒で打たれ、激痛にのけ反って仰向けになった。

佐次の顔が見えた刹那に、大きな足で顔を踏みつけられ、腹を刀の鐺で打たれた和之介は、息ができなくなり、のたうち回った。

そこへ手下どもが加わり、さんざん痛めつけられた和之介は、しまいには庭に蹴り落とされた。

梅乃から離れて立ち上がった千波が廊下に出てきて、苦しんでいる和之介に問う。

「もう一度訊く。どこに行っていた」

大槻道場に行ったのがばれているのだと観念した和之介は、身を起こし、地べたに正座して千波を見上げた。

「瀬左衛門町の、道場へ行きました」

千波が鋭い目で見据える。

「何ゆえ隠す」

「それは……」

逃がそうとしたと言えば、首を刎《は》ねられる。

「様子を見に」

咄嗟《とっさ》に出た嘘だが、千波は表情を穏やかにした。

「それで？　左衛門尉と、あの三羽烏の様子はどうであった」

信平の存在を隠すことにした和之介は、唇の血を拭って答える。

「以前と、何も変わっておりませぬ」

千波は嬉しそうに微笑む。

「近頃瀬左衛門町は、町の位などというもので一位になり、道場あってのことだと噂されて、左衛門尉と三羽烏はいい気になっているそうじゃないか」

「そこは、分かりませぬ」

「隠すなよ」

砕けた物言いをした千波は、笑みを消し、憎々しげに告げる。

「左衛門尉と三羽烏は、わしが必ず斬る。あの腐れ道場を潰して、瀬左衛門町をかつてのように、我らが住みやすい町に戻してやるぞ」

己の言葉に陶酔したかのように、さも楽しげな高笑いをする千波は、ただただ、己の力を誇示したいだけなのだ。

千波が和之介を指差して告げる。

「勝手な行動を取った罰として、明日の朝、田崎のところへ二百両取りにゆけ。この娘は、そのあとで適当な場所に捨てろ。この調子だと、家には帰れまい」

くつくつと笑いながら己のことを言われても、後ろでぼうっと座っている梅乃を見て胸を痛めた和之介は、千波に問う。

「おかしらは、どうされるのですか」

「決まっておろう。左衛門尉どもを斬る」

「明日、ですか」

千波は身を乗り出し、探るような目を向ける。

「知ってどうする」

答える前に、佐次に背中を鐺で突かれた和之介は、たまらず刀に手をかけたが、思いなおして鞘ごと抜き、己の前に置いた。

千波ならばきっと、あの美しい三羽烏を辱めるに違いないと思い、拳をにぎり締め、意を決して告げる。

「これ以上は、あなたに従えない」

千波の顔から笑みが消えた。

「今、何か言ったか。よう聞こえなかったが」

「わたしは抜けると言ったのだ！」

「黙れ！」

佐次が三度鐺で突こうとしたのをかわした和之介は、地べたに置いていた刀を抜き、振り向いた佐次の喉元に切っ先を突き付けた。

息を呑む佐次を睨んだまま、千波に告げる。

「大槻道場は襲わせない。来れば斬る」

そう告げ、佐次を制したままゆっくり下がった和之介は、きびすを返して立ち去った。

追っ手を警戒して振り向くと、誰も来る気配はなかった。

桜田《さくらだ》まで来た時には、痛めつけられた身体がきしみ、歩くのも辛くなってきたが、明日襲撃される恐れがあるのを左衛門尉たちに知らせなければ、三羽烏が危ない。

瀬左衛門町が町くらべで一位になっているのを知った千波は、文秋が三羽烏を称賛している中で、数々の悪事を働いていた千波が町から出ていったのも、みほたち三人の活躍があったからこそだと書いているのを見つけて怒り、己の力を見せつけようとしている。

「それだけは、させぬ」

みほたち三人に嫌がらせをさせぬために千波のもとへ戻ったというのに、町くらべのせいで、奴の自尊心に火をつけてしまったと思う和之介は、道場を閉めさせるしか、助ける手立てがないと思っている。

ふらつきながら夜道を急ぎ、やっとの思いで瀬左衛門町の近くまで来た和之介は、左に堀がある道に差しかかった。その時、通り過ぎた商家の軒先の暗がりから染み出るように、殺気が迫ってきた。

身体の痛みにより、気付くのが遅れた和之介は、振り向きざまに抜刀し、なんとか一撃を受け止めた。

襲ってきたのは佐次だった。

先回りをして待ち伏せしていた佐次は、勝ち誇った笑みを浮かべる。その刹那、和之介は背中を斬られた。背後に千波の手下が忍び寄っていたのだ。

呻いた和之介が振り向くと、斬った相手は、流浪の先では寝食を共にしていた男だった。

男は、命じられてやったと言いたそうに、目が合うとすぐに下がり、刀を構えた。

「裏切り者は、死ぬだけだ」

佐次がそう言って斬りかかってきた。

袈裟斬りを受け流した和之介は、佐次の肩めがけて刀を打ち下ろしたのだが、背中を斬られているため力が入らず、軽々と弾き上げられ、刀が手から離れた。

佐次が一閃させた切っ先をかわそうと下がった和之介だったが、長刀から逃れる脚力が足りず、切っ先が胸を裂いた。

呻いて下がった和之介は、堀の石垣から足を踏み外してしまい、暗い水中に落ちた。

堀端に立った佐次が、墨のような水面をしばらく見ていたが、和之介は上がってこない。やがて、水面を揺らしていた波紋が消え、泡も浮かんでこなくなると、佐次は手下にほくそ笑んだ。

「あの傷だ。底に沈んで息絶えておろう」

うなずく手下に、帰るぞと告げた佐次は、夜道を走り去った。

それを待っていたかのように出てきたのは、二人の町人だ。職人風の男は、口封じを恐れて、斬り合いを隠れて見ていたのだ。

二人は和之介が落ちた堀を覗き込み、不安そうな声を発した。

「死んじまったのか」

「勘弁してくれ。おれんちのまん前だぜ。気味が悪くて寝られなくなっちまう」

「助けるか」

飛び込もうとした男を、もう一人がしがみついて堀端から引いて下がった。

「馬鹿言うな。ふらつくほど酔っているくせに、とんでもねえ。お前まで死んじまったら、ここには住めなくなるからよしてくれ」

そう言っている男の横を、黒い影が走った。

「今のはなんだ」

顔を向けた先で、水に飛び込む音がしたものだから、二人は慌てて堀端に戻った。

大きな波紋が広がり、泡が浮いているのに目を凝らしていると、人の顔が出てきた。

「手を貸してくれ」

そう告げたのは、鈴蔵だ。

腕に、ぐったりとした和之介を抱いているのを見た二人の男は、己の帯を解いて堀端に腹ばいになり、これにつかまれと言って垂らした。

引き上げられた鈴蔵は、和之介を仰向けにして、口から息を吹き込んだ。

「生き返るか」

鈴蔵は、心配する男たちを見もせず息を吹き込み続けた。そして何度目かの時、水を吐き出した和之介が咳き込んだので、鈴蔵は安堵し、周囲を見た。

騒ぎに気付いた町の者たちが、大勢出てきている。

「手を貸してくれ。運びたいのだ」

応じた二人が人を呼び、戸板を外してきた。

ぐったりしている和之介を戸板に載せた鈴蔵は、瀬左衛門町の大槻道場へ運ぶよう頼み、自分は赤坂に走った。

六

額に触れる手の温《ぬく》もりで、和之介は意識を取り戻した。

「和之介、分かるか」

左衛門尉の声により、はっきり我に返った和之介は身を起こそうとしたのだが、額に手を当てていたお広に止められた。

「大怪我ですから、動いてはいけません」

外は明るい。

「今、なん時ですか」

「夜が明けたばかりだ」

左衛門尉の声にはっとした和之介は、お広の手をつかんだ。

「早く逃げて。千波一味が襲ってきます」

お広は心得ているとばかりに、自信に満ちた顔でうなずいた。よく見れば、鉢巻きを締めて襷を掛けている。

「我らが迎え撃つ」

左衛門尉が言い、綾とみほが顔を見せた。

みほが微笑む。

「それを知らせるために、ここへ来ようとしていたのでしょう。連れてきた町の連中が、うわごとで逃げるよう言っていたと、教えてくれました」

和之介は、お広に問う。

「皆さん、ここにいたのですか」

お広はうなずいた。

「信平様から、千波一味が他の道場を荒らしているのを聞いていましたから、待ち構えていたのです」

「あの一味から、離れたのですね」

涙声で言う綾に和之介はうなずき、みほに告げた。

「千波は、おなごに酷いことをします。逃げてください」

みほは勇ましげな顔をする。

「そうと聞いては、なおのこと逃げませぬ。我ら三羽烏が成敗します」

「おやめください。相手は人を殺すのをなんとも思わぬのですから」

和之介がそう言った時、みほが鋭い目を外に向けた。

現れたのは、十数人の手下を引き連れた千波だ。

床にいる和之介を見た佐次が、ばつが悪そうな顔で千波を見た。

千波は和之介に、余裕ありげな笑みを浮かべる。

「おれが見込んだだけのことはある。なかなかしぶといではないか」

左衛門尉が刀を手に廊下に出た。

「千波彦四郎、御公儀に代わって、わしが討つ」

笑みを消した千波が、左衛門尉を睨んだ。

「陪臣の分際でわしを倒そうなどと、片腹痛いことを言う」

その刹那、千波の背後から出た手下どもが、一斉に抜刀して左衛門尉に迫った。

受けて立つ左衛門尉は庭に飛び下り、斬りかかってきた敵を、抜刀術をもって斬り倒すと、気合をかけて前に進み、二人目を斬り伏せた。

手下どもは怯まず、左衛門尉の左右に分かれて隙を狙う。

「おのれ！」

叫んだ手下が、右から斬りかかった。

左衛門尉は刃を弾き上げ、相手の喉に切っ先を向けて押し返す。

その隙を突き、佐次がみほに襲いかかった。

綾とお広と力を合わせるみほは、三人がかりで佐次と戦い、撃退できるかと思われたが、そこに千波と手下が加わり、劣勢になった。

佐次の一撃を受け流した綾が、斬りかかろうとした時、千波が背後に迫って刀を打ち下ろした。

肩を峰打ちされた綾は、顔を歪めながらも振り返って斬りかかろうとしたが、腹を峰打ちされ、たまらず膝をついた。

「そこで寝ておれ。あとで可愛がってやる」

千波がそう言い、みほに向かう。

気付いた左衛門尉が助けに行こうとした時、横手から太腿を突かれた。

呻く左衛門尉は、足を突いた敵を斬り倒し、みほを助けるため足を踏み出したが、力が入らず倒れてしまった。

みほは千波を相手に、正眼の構えから下段に転じて迫り、鍛え抜いた技を繰り出す。

千波は、一閃させたみほの太刀筋を見切って受け流し、体当たりをした。

身体が軽いみほは飛ばされたものの、なんとか踏みとどまって刀を構える。

「やあ!」

突くと見せかけ、大上段に転じて鋭く打ち下ろすみほの一撃は、千波の肩を斬るかに思われたが、刀身を巻き取られるようにかわされ、手首をつかまれた。

足を払われたみほは、地面で背中を強打し、咳き込んで苦しんだ。

「逃げろ!」

左衛門尉の叫びが届く前に、千波は刀を振り上げていた。

「いただきだ!」

嬉々とした顔で刀を打ち下ろしたが、みほの頭に当たる寸前で弾き上げられた。

助けたのは、信平だ。

片手ににぎる狐丸で押し返された千波は、白い狩衣を纏った信平に息を呑んだ。

「その狩衣、まさか、信平」

「怪我はないか」

まったく相手にせぬ様子で、みほを気づかう信平に、千波は歯ぎしりをした。斬りかかろうとしたが、信平の優雅な姿がかえって不気味で、足が止まる。

「おのれ……」

動けぬのは、千波の頭に、巨悪と戦う信平の姿が焼き付いているからだ。

刀を正眼に構える千波を見もしない信平は、みほを立たせて下がらせ、三羽烏を背中に守る立ち位置で悪党どもと対峙した。

澄んだ眼差しを向けられた千波は、その凄まじい剣気に圧《お》されて下がる。

信平を知らぬ佐次が、勇み立った顔で前に出てくると、千波を守って刀を向けた。

対する信平は、左足を前に出し、佐次に向けた左の手刀を立て、右手ににぎる狐丸を背に隠す構えで応じる。

「出しゃばったのが、お前の命取りだ」

そう告げて自慢の長刀を上段に構えた佐次は、大音声《だいおんじょう》の気合を発して斬りかかった。

長刀を小太刀のように鋭く打ち下ろす必殺剣は、確実に信平を斬ったかに見えた。

だが、佐次の長刀は根元から飛んだ。信平が弾き上げた狐丸によって折れたのだ。

柄だけになった手元を、信じられぬような顔で見た佐次は、信平に振り向いて脇差を抜いた。

「おのれ！」

斬りかかるも、信平が目の前から消えたように見え、空振りした佐次は、背中を斬られて目を見開き、呻き声もなく倒れた。

信平の鳳凰の舞は、名のとおり優雅な舞のように見える。だが、数多の悪を倒した剣の凄まじさに、千波は恐怖に満ちた顔をした。

「わしは、将軍家剣術指南役を倒した男だ。貴様などに負けはせぬ」

生への執着が千波を奮い立たせ、信平に挑むべく刀をにぎらせる。

正眼から八双《はっそう》の構えに転じた千波に対し、信平は、両腕を広げて対峙した。

千波には奥の手があった。手下が物陰から、吹き矢で信平を狙っているのだ。

千波が立ち位置を変え、信平が動く。それを待っていた手下が、狙いを定めて矢を吹き飛ばした。

矢を受けた信平は、千波に告げる。

「将軍家指南役も、毒矢でやられたと聞いている。このような手で勝っても、誉れにはなるまい」

千波はほくそ笑んだ。

「勝ちは勝ちだ。言っておくが今のも毒矢だ。そろそろ目眩《めまい》がしてきただろう」

だが信平は倒れず、狩衣の袖を見せた。毒矢は腕ではなく袖に刺さっている。

それを見た千波が舌打ちをし、手下に顎を振って促した。

手下がふたたび筒を咥《くわ》えて、矢を吹き飛ばした。

信平が毒矢を斬り飛ばし、左腕を振るって隠し刀を飛ばした。

胸に突き刺さった手下が断末魔の悲鳴をあげて倒れる。

一瞬の隙を逃さぬ千波が、一足飛びに信平に迫り、斬りかかった。

袈裟斬りの一撃を打ち下ろす千波に対し、狩衣の袖が舞い、狐丸が朝日に煌めいた。

空振りをした千波は、背後に立つ信平に振り向こうとしたが、刀を落として倒れた。信平に足の筋を断ち切られていたのだ。

膝立ちになって呻いた千波は、捕らえられてなるものかと叫び、脇差を抜いて逆手に持ち、己の腹に突き刺そうとした。

だが信平は許さず、千波の手首を狐丸で峰打ちして阻止した。

脇差を落とされて悔しがる千波に、

「御公儀の沙汰を待て」

そう告げた信平は、後ろ首を手刀で打って気絶させた。

千波が倒されたのを見た手下どもが、我先に逃げようとしたのだが、鈴蔵と善衛門がゆく手を塞ぎ、町の若者たちが棒を片手に取り囲んだ。

「おれたちが世話になった姐さんたちに手を出しやがって！」

「やっちまえ！」

元来喧嘩好きの若者たちが、手下どもに飛びかかり、袋だたきをはじめた。

「こりゃ！　やめんか！」

「死んでしまうぞ！」

善衛門と鈴蔵が止めようとしても、若者たちは止まらない。

細い身体のどこからそんな声が出るのかと思う綾の大声で、若者たちは振り上げた棒を下ろした。

「おやめなさい！」

信平がみほに耳打ちする。

応じたみほが、若者たちに告げた。

「縄を掛けて、お役所に送り届けますよ」

みほの声に素直に応じた若者たちが、手下どもを縛った。

善衛門が加わり、千波を縛るのを見届けた信平に、綾たちが歩み寄って頭を下げた。

みほが言う。

「信平様、お助けいただき、お礼申し上げます」

狐丸を鞘に納めた信平は、微笑んだ。

「これは、そなたたちの手柄だ。麿こそ、礼を申す」

頭を下げた信平は、左衛門尉にも頭を下げて告げる。

「あとは、すべてそなたたちにまかせる。千波の一味を、御公儀に引き渡すように」

「しかし……」

戸惑う左衛門尉に、信平は知恵を授けた。

「千波の襲撃を教えた和之介のためにも、一味はこの道場の者たちが捕らえたことにいたせ」

和之介を思う信平の言葉に、左衛門尉とみほたち三人は、神妙に頭を下げた。

「おっしゃるとおりにいたしまする」

信平はうなずき、赤坂の屋敷へ帰った。

翌日、信平を訪ねてきた左衛門尉が、改めて礼を述べた。

「和之介の命が助かったのは、信平様のご家来に助けられたからだと聞きました。おかげさまで、今朝は粥《かゆ》を食べられるほどようなっております」

「それは何より。千波一味は、即刻打ち首が申し渡されたそうじゃ」

左衛門尉は知らなかったらしく、安堵の表情をした。そして、不安そうに問う。

「和之介は、いかがなりましょうか」

「本人は、なんと申している」

「お咎めを覚悟しております」

「確か、御公儀は此度の件について、落着の宣言をされたはずだ。善衛門、そうであるな」

「さよう。千波一味をすべて捕らえたと、聞いてございます」

左衛門尉は瞠目した。

「では、お目こぼしいただけるのですか」

「本人次第だが、許されれば、どうすると思う」

「実は、お広が和之介に、もし許されるならどうするかと問いましたところ、瀬左衛門の下で、町のために働きたいと答えたそうです」

信平は笑みを浮かべてうなずいた。

「ならば、そういたせばよい。三羽烏のよい助《すけ》っ人《と》になろう」

左衛門尉は、嬉しそうに平身低頭した。

「弱りましたな」

ため息まじりにこぼす善衛門に、信平と左衛門尉が顔を向けた。

善衛門は二人を見て言う。

「千波一味を倒した三羽烏に助っ人が加われば、町の評判がまたようなりますぞ」

やっかみ半分でぼやく善衛門に、信平に手柄を譲られた左衛門尉は恐縮している。

「善衛門、それは言わぬ約束だ」

信平が止めると、善衛門はそっぽを向いた。

あの三羽烏がいる限り、会堂屋文秋の評価は下がらぬはずだと言いかけた信平は、今日のところはやめておくことにして、善衛門をなだめるのだった。

「麿も励むゆえ、そう怒るな」

すると善衛門は、指を一本立てて告げる。

「一位を目指しますぞ」

「ちと、用を思い出した」

「殿！　話はまだ終わっておりませぬぞ！」

主従らしからぬ様子の信平と善衛門をあっけに取られて見ていた左衛門尉は、逃げるように出ていってしまった信平を見送り、愉快そうに笑った。

本書は講談社文庫のために書下ろされました。

|著者| 佐々木裕一　1967年広島県生まれ、広島県在住。2010年に時代小説デビュー。「公家武者　信平」シリーズ、「浪人若さま新見左近」シリーズのほか、「若返り同心　如月源十郎」シリーズ、「斬！　江戸の用心棒」シリーズ、「姫と剣士」シリーズなど、痛快かつ人情味あふれるエンタテインメント時代小説を次々に発表している時代作家。本作は公家出身の侍・松平信平が主人公の大人気シリーズ、第15弾。

影姫《かげひめ》　公家武者《くげむしゃ》　信平《のぶひら》（十五）

佐々木裕一《ささきゆういち》

2024年10月16日第１刷発行

講談社文庫
定価はカバーに
表示してあります

発行者――篠木和久
発行所――株式会社　講談社
東京都文京区音羽2-12-21　〒112-8001
電話　出版（03）5395-3510
　　　販売（03）5395-5817
　　　業務（03）5395-3615

KODANSHA

デザイン―菊地信義
本文データ制作―講談社デジタル製作
印刷―――大日本印刷株式会社
製本―――大日本印刷株式会社

Printed in Japan

ISBN978-4-06-537071-1

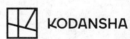

講談社文庫刊行の辞

二十一世紀の到来を目睫に望みながら、われわれはいま、人類史上かつて例を見ない巨大な転換期をむかえようとしている。

世界も、日本も、激動の予兆に対する期待とおののきを内に蔵して、未知の時代に歩み入ろうとしている。このときにあたり、創業の人野間清治の「ナショナル・エデュケイター」への志を現代に甦らせようと意図して、われわれはここに古今の文芸作品はいうまでもなく、ひろく人文・社会・自然の諸科学から東西の名著を網羅する、新しい綜合文庫の発刊を決意した。

激動の転換期はまた断絶の時代である。われわれは戦後二十五年間の出版文化のありかたへの深い反省をこめて、この断絶の時代にあえて人間的な持続を求めようとする。いたずらに浮薄な商業主義のあだ花を追い求めることなく、長期にわたって良書に生命をあたえようとつとめるところにしか、今後の出版文化の真の繁栄はあり得ないと信じるからである。

同時にわれわれはこの綜合文庫の刊行を通じて、人文・社会・自然の諸科学が、結局人間の学にほかならないことを立証しようと願っている。かつて知識とは、「汝自身を知る」ことにつきていた。現代社会の瑣末な情報の氾濫のなかから、力強い知識の源泉を掘り起し、技術文明のただなかに、生きた人間の姿を復活させること。それこそわれわれの切なる希求である。

われわれは権威に盲従せず、俗流に媚びることなく、渾然一体となって日本の「草の根」をかたちづくる若く新しい世代の人々に、心をこめてこの新しい綜合文庫をおくり届けたい。それは知識の泉であるとともに感受性のふるさとであり、もっとも有機的に組織され、社会に開かれた万人のための大学をめざしている。大方の支援と協力を衷心より切望してやまない。

一九七一年七月

野間省一

講談社文庫 最新刊

佐々木裕一
影姫
〈公家武者 信平《のぶひら》(十五)〉
夫婦《めおと》約束した幼馴染《おさななじみ》が奉公先から戻らない。若者の悲痛な訴えの裏に奸邪《かんじゃ》か。信平が動く。

福井県立図書館
100万回死んだねこ
〈覚え違いタイトル集〉
利用者さんの覚え違いに爆笑し、司書さんの検索能力にリスペクト。心癒《いや》される一冊。

楡　周平
サンセット・サンライズ
東京のサラリーマンが神物件に〝お試し移住〟。東北の楽園で、まさかの人生が待っていた！

風野真知雄
魔食　味見方同心(三)
〈閻魔《えんま》さまの怒り寿司〉
渋谷《しぶや》村で恐ろしく辛《から》い稲荷寿司を売っているという。もしかして魔食か？　味見方出動！

西村京太郎
SL銀河よ飛べ!!
十津川警部が捜査史上最大級の事件に遭遇。SL銀河に隠された遠大な秘密に迫る！

篠原悠希
霊獣紀
〈鳳雛《ほうすう》の書(下)〉
「自分たちはなぜ地上に生まれたのか？」一角麒《いっかくき》の疑問は深まる。傑作中華ファンタジー。

井戸川射子
この世の喜びよ
思い出すことは、世界に出会い直すこと。静かな感動を呼ぶ、第168回芥川賞受賞作。